云上星球

丛书主编 凌 晨

U0831387

三沙风暴

冯志刚 著
支晓光 插图

山西出版传媒集团
山西教育出版社

图书在版编目（CIP）数据

三沙风暴 / 冯志刚著. — 太原 ：山西教育出版社，2021. 5

ISBN 978 - 7 - 5703 - 1446 - 1

Ⅰ. ①三… Ⅱ. ①冯… Ⅲ. ①幻想小说—中国—当代 Ⅳ. ①I247. 5

中国版本图书馆 CIP 数据核字（2021）第 018310 号

三沙风暴

SANSHA FENGBAO

责任编辑	彭琼梅
复　　审	康　健
终　　审	杨　文
装帧设计	孟庆媛
印装监制	蔡　洁

出版发行	山西出版传媒集团·山西教育出版社 地址：太原市水西门街馒头巷 7 号 电话：0351 - 4729801　邮编：030002
印　　装	山西天每印业有限公司
开　　本	890 × 1240　1/32
印　　张	5. 5
字　　数	77 千字
版　　次	2021 年 5 月第 1 版　2021 年 5 月山西第 1 次印刷
印　　数	1—5000
书　　号	ISBN　978 - 7 - 5703 - 1446 - 1
定　　价	24. 00 元

如发现印、装质量问题，影响阅读，请与出版社联系调换。电话：0351 - 4729718

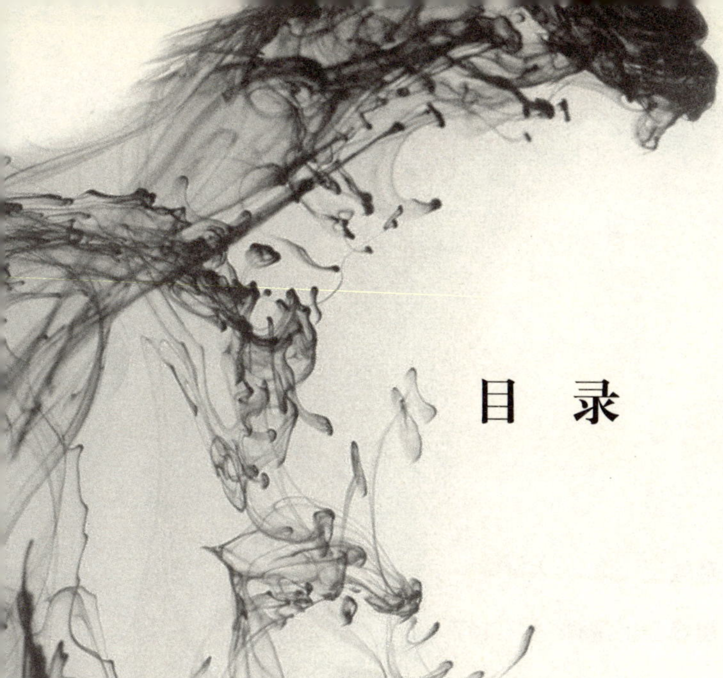

目 录

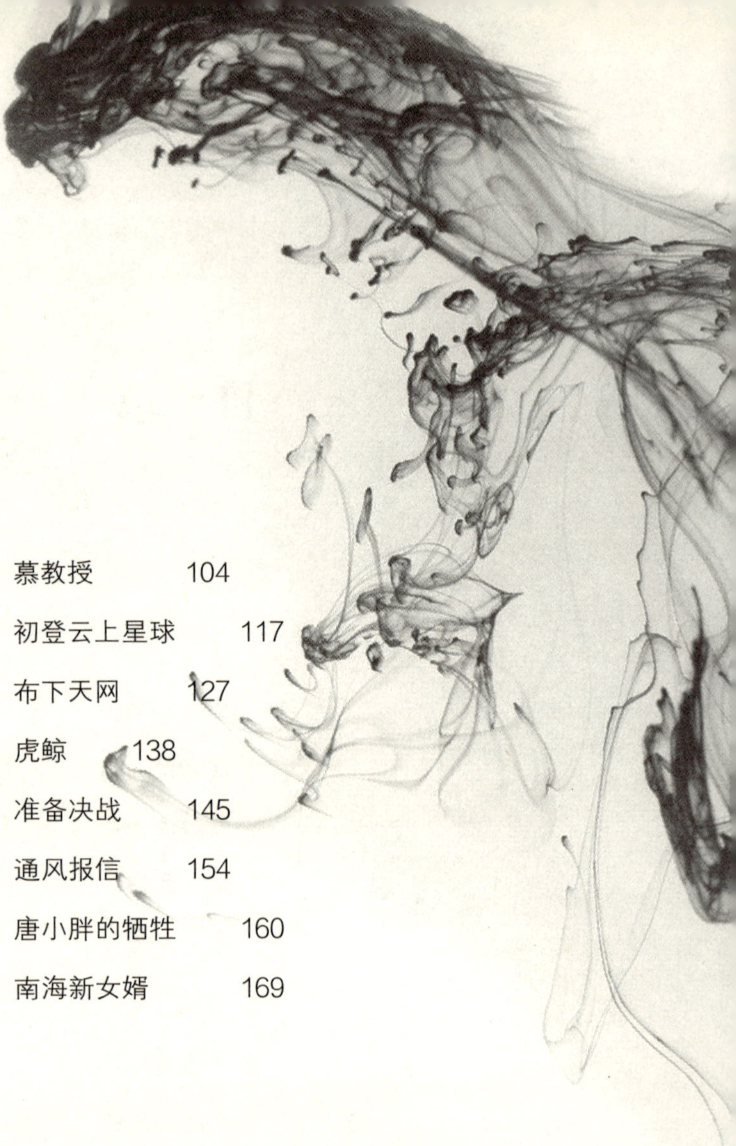

1 唐家别墅

唐小胖的家有点与众不同，用唐爸的话说，那绝对是“四面海景”独门带院大别墅。四面海景？出门不就掉海里了吗？呵呵，没关系，唐小胖家有的是船，游艇、快艇、摩托艇、潜水艇、无人艇……

在2050年代，三沙市200多万平方千米的海域中，有千万个像唐小胖他们家一样幸福地生活着的海上家庭。在广阔的南海海面上，围绕着三沙群岛有千万个岛礁，星罗棋布着无数先进的海上浮动式房屋。住在里面的居民，有的从事大洋种植、养殖，有的在石油平台上工作，有的在海底矿区上班，还有很多人在海上浮动城市里从事着和大陆居民相似的各种行业，到处都是一派欣欣向荣的景象。

唐小胖家的海景大别墅，远远地看去就像一艘圆形的高级游船，白色的船舷，蓝色的舷窗，和蔚蓝的南海融为一体。别墅的一层是一个直径30米的圆形甲板层，在甲板的上边除了有一栋两层的白色流线型小楼，还有大片的草坪和一个游泳池，草坪里还错落有致地排放着一些唐爸爸从陆地上弄来的大块头“奇石”，虽然唐妈妈常说这些都是垃圾，但是唐小胖和他的小伙伴们却很喜欢围着这些小石山玩耍嬉戏，出生在大海上的孩子们，对来自遥远陆地的东西，总是充满好奇的。

甲板的下面，还有三层水下建筑，除了仓库、淡水储备仓、机电仓，还有一个四面都是玻璃墙的起居室，坐在这个房间中央的环形沙发上，就像置身于海底龙宫一样，四面都被南海清澈的海水环抱，美丽的鱼群来往穿梭，还常有海豚甚至鲸鱼路过，顽皮地向屋里张望，想看看这些不善于游泳的人类是如何在大洋上生活的。

大海并非一成不变的平静，今天台风即将来临，天空中阴霾密布。每到这个时候，海上的所有自动化浮动房屋都会提前几个小时封闭起来，下潜到水下，只在水面上留下一个蛋圆形的通气口。

可是唐小胖的家到现在还迟迟没有下潜，唐妈妈、姐姐唐怡还有唐小胖的几个好朋友在一楼的客厅里急得像热锅上的蚂蚁，因为唐爸爸一大早就去水上机场接新来的辅导老师了，可中午都快过去了，还不见他们回来，打电话过去，唐爸爸的手机竟然在厕所里响个不停，显然是一贯丢三落四的爸爸忘带手机了。

三沙市的渔业区，地广人稀，孩子们没办法像在陆地上那样每天到学校去上学，只能在家里通过网络课堂学习知识，虽然是坐在254厘米的立体电视前面上课，既能看见老师，也能和班里的其他小朋友互动，和在同一间教室里上课差别不大，但是下了课，却少了课外活动的机会。所以，三沙市规

大海并非一成不变的平静，今天台风即将来临，天空中阴霾密布。每到这个时候，海上的所有自动化浮动房屋都会提前几个小时封闭起来，下潜到水下，只在水面上留下一个蛋圆形的通气口。

定，有条件的渔业小区，课外可以请一位辅导老师来组织孩子们学习，让他们在学好课堂知识的同时，拓展更广泛的兴趣，得到更全面的发展。

辅导老师大多是兼职的，其中有不少是来南海进行科学研究的科研人员，他们利用业余时间给大海上的孩子们传播最新的知识和理念，目的是把这里的孩子们培养成优秀的未来南海建设者。

听说新来的沈老师，是研究海洋生物学的，要来小胖他们家所在的110-5渔业区进行为期两年的研究工作，同时兼任渔业区的学生辅导员。

还有小道消息说，沈老师以前还是唐怡姐姐的同学，他们两个的关系可不一般，要不然沈老师下了飞机怎么不去研究院分给他的浮动别墅，要先来小胖家呢。呵呵！2050年的小孩子们的八卦能力也是超级强大的。

山子是110-5渔业区年龄最大的孩子，今年13岁了，酷爱运动，摩托艇开得绝对达到专业级选手水平，是当之无愧的孩子王、大班长。眼看着台风就要来了，可是唐爸他们杳无音信，山子有些坐不住了，着急地说："阿姨，我骑摩托艇去接一下唐叔叔吧，给他把手机送过去。”

唐妈妈有些担心外面的天气，但更担心自己稍微有点不靠谱的老公，一时也拿不定主意。

“阿姨，没事，气象预报说了，傍晚风力才会加大，我们一会儿就回来。”

“对，阿姨，我们也一起去……”孩子们也七嘴八舌地嚷嚷起来，唐妈妈知道这些海里长大的孩子都熟悉水性，应该没问题，就默许了。

“三点之前没找到唐叔叔，你们就掉头回家来，安全第一啊！”

孩子们一边答应着，一边蜂拥而出，只留下几个女孩子。小胖犹犹豫豫，怕累不想去，可又不想被笑话，一步三回头地最后一个跟了出去。

2 沈老师

水上机场离110-5渔业区有一个多小时的航程，孩子们的摩托艇上都装有北斗3代导航仪，一路嬉戏着，不到两点半，大家就到了机场。

原来，沈老师不但自己坐飞机来，还带了一只挺大的集装箱，里面不知道装了些什么，卸货、检查就费了很长时间，最后还要想办法把集装箱放到唐爸的快艇上，所以一直耽误到现在。

孩子们第一次见沈老师，刚才一路上的疯劲儿一下子消失了，有些腼腆地躲在唐爸后面，偷看沈老师。

“我是沈新，在网上不是和大家见过了吗？你是于海山，你是赵晓波，你是唐晓鹏……”

看到老师这么熟悉自己，每个孩子都有点受宠若惊，气氛也一下子轻松了起来。

大家围着沈老师和唐爸，你一句我一句地聊得很热闹，唐小胖挤不进去，就把目光集中在了集装箱上，这么大的箱子，该不会都装满了好吃的东西吧？难道是沈老师把自己一年的口粮都带来了？也不知道大陆上都有些什么好吃的？他情不自禁地走近了集装箱……忽然，箱子里传来一阵尖锐的声音，然后又是一阵磨牙似的“咔嗒”声，吓得小胖后退几步，差点掉进海里。

有点气急败坏的唐小胖大喝一声：“你们都别瞎聊了！一会儿台风就该来了！”

别说，他的提醒还真及时，大家赶忙登上快艇，准备返航。

不过，2050年的天气预报，也还是不够给力，台风好像要提早来临。返航的途中，天色越来越暗，风力越来越强，所有人都专心开船，想要早点回到唐家大别墅去。

很快，能见度就降低到100米以下，孩子们开着摩托艇尽量跟在唐爸的快艇之后，照这样的速度，再有十分钟就能到家。

不过，俗话说，黄鼠狼专咬病秧子。一直落在队伍最后的唐小胖，在这关键时刻，摩托艇没电了，眼看着电源指示灯就要熄灭，可大队人马已消失在前方的黑暗中，唐小胖气得大喊大叫，可惜没人注意到他。没过多久，气愤就变成了恐惧，周围是一片漆黑的大海，只有身上的荧光带散发着微弱的惨白色光晕，风雨越来越大，小艇随着洋流不知要被冲到什么地方去……

唐小胖幻想着：大家已经到家了，泊好船，冲进温暖的房子，姐姐和妈妈端来热饮，爸爸安排下潜避风，当一切安排妥当，大家坐下来吃晚饭，吃到一半，忽然发现，最能吃的唐晓鹏呢？他们这才大惊失色，坏了！小胖走丢了！

想到这些，唐小胖快要哭出来了，风雨也好像忽然加强了！不会的，大家肯定一到家就会清点人数，现在应该已经发现我不见了，他们应该正在返回搜索的路上，可能还报了警，过不了几分钟，他们就会出现的……

一分钟过去了，五分钟过去了，十分钟过去了，唐小胖从来没感觉时间这么漫长过……

半个小时之后，台风已经吹得摩托艇快要无法保持平衡了，小胖也冻得意识有点模糊……忽然间，前边的海面有一点光线一闪一闪的，是爸爸的快艇吗？可仔细一看，那个光线是从海面下发出的，时亮时暗，不是直线前进，而是忽左忽右，时停时进，让人想到可怕的UFO，小胖紧紧地抱住摩托艇不敢动弹……

光点越来越近了，好像是发现了小胖，径直向这边冲过来，小胖忽然看清楚了，光点之上的水面有一个三角形的物体劈开波浪，那是一个鲨鱼鳍！

唐小胖吓得魂飞魄散，在救生衣上胡乱摸着，想找到驱鲨喷剂，可是根本找不到呀！再说就算躲过了鲨鱼，也躲不过这次台风！想到这些，小胖计上心来，现在没有别的办法，只有放声大哭了！

唐小胖吓得魂飞魄散，在救生衣上胡乱摸着，想找到驱鲨喷剂，可是根本找不到呀！再说就算躲过了鲨鱼，也躲不过这次台风！想到这些，小胖计上心来，现在没有别的办法，只有放声大哭了！

3 营救唐小胖

哭当然是不管用的，几秒钟，光点已经逼近摩托艇，小胖摸到了驱鲨喷剂，可惜却没有时间解下来使用。在距离摩托艇10米的时候鲨鱼鳍忽然消失了，然后小胖眼前的水面裂开，一个硕大的鱼头扑了过来，小胖眼前一黑，和大鱼一起掉进了海里，在被吓晕之前，他看见大鱼身上背着一个发光的仪器，同时还听到了似曾耳闻的尖锐叫声……

等唐小胖再次苏醒过来的时候，发现自己躺在家里龙宫起居室的沙发上，妈妈已经帮他擦干了身上的水，家里人和小朋友们围在他身边。

“这是怎么回事呀？我刚才好像被鲨鱼吃了……”

回答他的是一片笑声。

“鲨鱼没吃你，反而救了你！”

“那不是鲨鱼，是沈老师带来的海豚琪琪！”

“对呀，我们回来发现你不见了，都急坏了，不知道你丢到哪里了，可怎么找呀……”

“幸亏沈老师的集装箱里装着他训练了好几年的工作海豚，特别善于搜救，身上还能装备摄像机和远程指挥系统，把琪琪放出去十多分钟，我们就找到了你，也是它冒着台风把你救回来的！”

“你看，琪琪就在窗外呢，好像还关心你什么时候能醒来呢。”

小胖揉了揉眼睛，向窗外一看，那只带着发光仪器的海豚真的在窗外的大海中注视着自己，他赶忙跑到窗前，隔着厚厚的耐压玻璃和海豚招手，琪琪看到小胖安然无恙，快乐地翻了个身，到海面上吸了口气，又潜到更深的水域去躲避台风了。

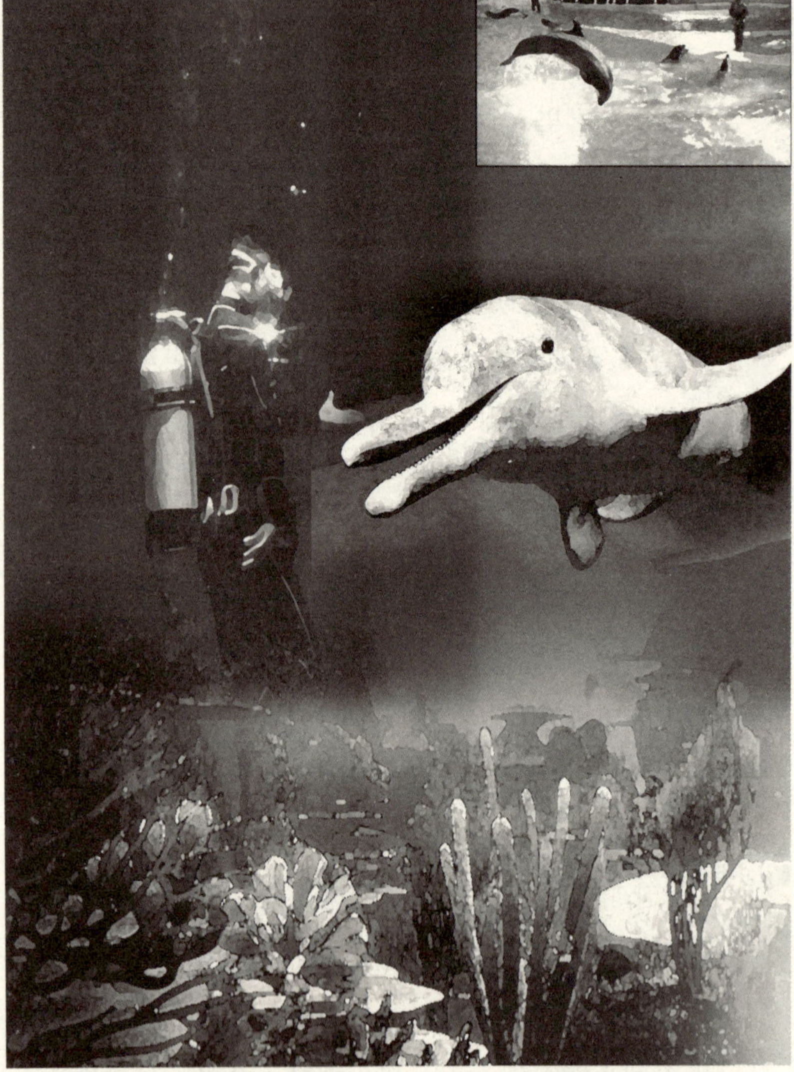

琪琪看到小胖安然无恙,快乐地翻了个身，到海面上吸了口气，又潜到更深的水域去躲避台风了。

“琪琪比你们强多了，不会扔下我一个人！”刚脱离危险的小胖就开始发脾气，不过还好，脾气上来没半分钟，唐妈妈宣布开饭，小胖的愤怒就一下子烟消云散了。这次的冒险，丝毫没影响到他的食欲，他果然是餐桌上战斗力最强的无敌唐晓鹏！

吃完饭，大人们山南海北地聊天，由于台风正猛，孩子们都回不去了，就和家里报了平安，留在了小胖家。孩子们有了一个难得在一起过夜的机会，胡打乱闹地折腾了一晚上，夜深了才回各自分配的房间一个接一个地睡成了小死猪。

龙宫起居室恢复了平静，等唐爸也被唐妈强行拉走之后，就只剩下了沈老师和唐怡。

“小唐，咱们有一年没见面了吧？你和莎莎挺好的？”

“嗯……还不错，不过莎莎有时候会觉得孤单，可能是想琪琪了吧……”

“哦，那现在好了，我把琪琪带过来了，这次它们可以团聚了……”

“莎莎这几天在邻近的渔业区执行任务，过几天我就会把它接回来……”

“哦……那个什么……”

“什么?”

“那个，挺晚的了，你早点休息吧……”

“好，你今天刚到，挺累的，晚安!”

看着唐怡离开的背影，沈新狠狠地拍了一下自己的脑门：“刚才要是问问她，是不是也想我该多好!”

4 海上牧场

台风掠过110-5渔业区，第二天一早，天气开始转好，半上午孩子们渐渐睡醒的时候，南海的海面已经恢复了平静，天空湛蓝如洗，云朵也不再是昨天铅灰的颜色。

吃过饭，唐爸操纵着自家的浮动别墅上浮回海面，收起保护草坪的薄膜，指挥孩子们清理掉挂在外墙上的海带和水母，一切就绪后，就该开始执行下一个艰巨的任务了：找回唐小胖那台关键时刻没电的摩托艇。

唐爸、沈老师还有女孩子们乘上唐家的游艇，男孩子们骑着各自的摩托艇出发了——对了，男生唐小胖例外，这家伙因祸得福，摩托艇丢了，却得到了和他最喜欢的女孩子米果同座的机会，一会儿掏出左口袋的海苔鱼片，一会儿掏出右口袋的巧克力糖不停地向人家献殷勤。

“唐晓鹏，大家都在帮你找摩托艇，你自己怎么一点也不着急呢？”看来米果真有点生气了。

“我……我又不是故意的，还不是因为他们把我扔下……”

“我看你是又欠揍了！”正在开船的唐爸听不下去了，“咱们南海的男子汉，个个都是自强自立的，也不知道你怎么就一点也不像我！沈老师，以后还得麻烦你多管教管教他。”

“唐叔您放心，我相信唐晓鹏是个勇敢的孩子，昨天能在那么危险的环境下坚持半个小时等待救援，还是很厉害的！”

“哈哈，这点随我，我们老唐家，个个都是天不怕地不怕的，要不小怡怎么能当上咱们渔业区第一个女海警呢。”

“……说到唐怡，今天怎么没见到她？”

“她昨天为了给你接风，特意倒休，今天一大早就去执行任务了。”

“哦，我说呢……”沈新好像有点失望。

“沈老师，现在咱们先去昨天发现小胖的那个区域吧，正好会经过我们家的海上农场，喏，左边的那几个浮标就是海带养殖场，我把游艇切换到潜水模式，带你看看吧。”

唐家的游艇，是三沙市政府特别为海上家庭设计的先进型号，速度快、马力大，而且还具备海陆潜三栖功能，只需按一个按钮，就能变成可以下潜十几米的小型潜艇，方便了海洋种植工作，特别适合海洋牧场使用。国家还提供了贷款和扶持政策，每家每户只要花很少的钱就能用上这种游艇。

在海面上看，海洋牧场就是一片平静的海面，带有北斗导航接收器的太阳能自动浮标将不同人家的农场区隔出来，也给那些不在指定航线上航行的船舶提供了指示。

一旦潜入海面之下，海洋牧场却是另一番景象，清澈的蓝色海水中，一道道金色的光芒随着海浪的起伏，照亮了水下的海藻森林，一株株几十米高的海带枝蔓纠缠在一起，随着洋流缓慢而有节奏地轻轻摆动。鱼群或在这森林中时隐时现，或围着林间的水域巡游，远远望去犹如一条条巨大的会变身的海怪，不时地变化着形状，时常还会神经质地忽然转向，一片粼光闪现，鱼群又消失在另一片海底森林之中……

虽然游艇里所有人都对这样的景象并不陌生，但每当置身于这样的美景之中，还是会感觉心旷神怡，流连忘返的。

“我和小怡、小鹏的妈妈，16岁的时候学校来三沙旅游，来了就被这里迷住了，高考都报了三沙大学，毕业后更是顺理成章地留在了这里……每天看到大海，看到这海底的景象，还有这些生在南海上的孩子们，我们就会感觉自己的选择太英明了。哈哈，沈新呀，我估计你在这里住上两年，也会乐不思蜀，不想再回大陆的。”

“对呀，还有唐怡姐姐这样的大美女呢……”几

一旦潜入海面之下，海洋牧场却是另一番景象，清澈的蓝色海水中，一道道金色的光芒随着海浪的起伏，照亮了水下的海藻森林，一株株几十米高的海带枝蔓纠缠在一起，随着洋流缓慢而有节奏地轻轻摆动。

个孩子在一旁瞎起哄，弄得沈老师都有点脸红了。

一边的小胖撇撇嘴把目光转向窗外，心想，那是你们不知道我姐姐的真面目，再说她要是大美女，米果就是大明星了！

咦？那边的巨型海带上有什么东西被缠上了？“老爸，不好了！咱家的牧渔潜艇又被缠在海带上了！”

牧渔潜艇，是一些智能化的小型无人潜艇，负责管理和跟踪海上牧民养殖的鱼群，就像牧羊犬那样，一旦鱼群要离开自家农场的范围，它就采用各种手段驱赶鱼群让它们转向。不过机械的东西，都会有各种各样烦人的故障，牧渔潜艇为了减小污染使用电力驱动，每个牧场都有几个漂浮式太阳能电站或者海上风力发电站，牧渔潜艇一般会智能判断在鱼群睡眠的时候前往这些电站充电，但是有时充完电回来，鱼儿们提前睡醒了，不知到哪里去了，就只能半夜给牧场主发信息，让他们采用人工遥控的方式再一次找到鱼群。

另外，更烦人的情况就是像今天这样，牧渔潜艇被海带缠上，主人不但会被打扰，而且还必须尽快来解救，不然自己养的鱼就很可能跑得无影无踪了。

“今天太幸运了，潜艇刚被缠上，还在自救阶段就被咱们发现了！”唐爸熟练地操作着游艇的机械臂，帮助牧渔潜艇逃离了海带的魔掌，鱼群还没跑远，牧渔潜艇刚一脱困就一溜烟地回到鱼群中去了，还真有点牧羊犬的作风，因为牧渔潜艇里的电脑程序，就是运用仿生学原理，模拟了牧羊犬的思维方式。

“哎，就是这些小事情太多，经营海上牧场其实也是一件蛮辛苦的事情，要是机器再给力些就好了，我们还能再扩大种植、养殖的面积，能给大陆上提供更多的食品……”

“是呀，唐叔，我也了解这个情况，其实我这几年的研究方向也是想帮助牧场主们进一步降低劳动强度，而且已经有些进展了。”

“是吗？小沈，你不是研究生物学的吗？怎么转行搞机器设计了？”

“呵呵，不是的……对了，唐叔，您的游艇有声呐或者水下扬声器吗？”

“有，通过驾驶台电脑就可以用。”

“那我就给您现场演示一下吧。”说着，沈老师把自己的智能手机和游艇的中央控制电脑建立了无线连接，不一会儿水下扬声器就发出了一阵阵尖锐的声音。

小胖太熟悉这个声音了，“沈老师，你是不是要把琪琪叫来呀？这不是它的叫声吗？”

“唐晓鹏，你还真聪明，我就是在召唤琪琪，我的手机里面，有专门的软件，可以把我们人类的语言翻译成海豚的语言，刚才我和琪琪说，这边有它喜欢吃的梭鱼，你看吧，不出10分钟它准过来！”

“哦，这点倒是挺像我的……”

除了唐爸狠狠地瞪了他一眼，别人都笑了起来。

五分钟都没到，琪琪就过来了，发现自己的主人后，琪琪就围着潜水游艇打转，“吱吱”地叫着，好像在说些什么，沈新在手机上输入着，扬声器又传出了海豚音。

“沈老师，你们说什么呢？”好奇心特别重的“小四眼”赵晓波凑到老师身边，想看看沈老师在写什么。

沈新按了一个按键，手机的扬声器传出了声音“鱼，吃，请求”，这是一个机器合成的语音，看来这是把海豚的语言翻译成了人类的语言，沈新征得了唐爸的允许，通过手机对琪琪说：“允许琪琪吃一条梭鱼。”

琪琪高兴地一转身，冲进不远处的鱼群，捉住一条鱼，回到游艇这边，当着沈新的面才把鱼吃掉，看来这真的是训练有素。

“琪琪，任务下达，管理鱼群。”

“是！”琪琪答应了一声，帅气地一转身，回到鱼群那边，只见它时而围着鱼群打转，时而冲入鱼群，熟练地指挥着鱼群，不一会儿就将鱼群带到了游艇附近。

“唐叔，这就是我们研究的课题，使用驯养海豚帮助牧场主管理农场，这些宽吻海豚非常聪明，智力远在牧羊犬之上，驱赶鱼群甚至是他们与生俱来的天性，只要通过简单训练就可以。而且海豚的特点是不用睡眠，大脑的左右半球会轮流休息，可以一周7天×24小时照顾鱼群，更不会被海带缠住，特别适合牧渔的工作。”

“这太好了！我看到琪琪身上还背着摄像头，那我也可以随时监控鱼群吧？”

“没错，您还能通过联络器和海豚说话交流，琪琪现在掌握了几千个词汇，和6岁小朋友的智力水平是相当的……”

“切，我看不靠谱！”小胖不知什么时候挤到老爸和老师中间，没大没小地乱插话，“琪琪偷吃鱼怎么办？”

“行啊，唐晓鹏，老师都对你刮目相看了，你说话还真是一针见血！海豚的确会以鱼群为食，但是我们计算过了，它每年吃掉的鱼的价值，远远低于牧渔潜艇的管理维护费用，而且，要是成对地养殖海豚，每年新生的小海豚再经过训练出售给其他牧场的话，还可以增加很多收入，利大于弊的。”

“太棒了！小沈，这个好，你赶紧好好研究，我要做你们的第一批客户！哈哈，到时候一定要给我打折呀！”

“没问题！”

5 南海女警花

尽管路上耽搁了一下，不过有了琪琪的大力帮助，小胖的摩托艇很快就找到了。一路上沈新发现广阔的南海现在真是一片繁荣，每隔一海里就有一处像小胖家这样的海洋农场，除了海底养鱼、海底种植，还有人开始建立人工浮岛，在上面建大棚无土种植蔬菜和热带水果，利用转基因技术，海底也能产出类似小麦和稻米那样的粮食作物，经过长期研究，其安全性也能够得到保障。现在南海居民完全可以自给自足，每年还为大陆提供数亿吨的鱼类和难以计数的海洋作物，保障了人们的食品安全，也让南沙人过上了富裕的现代化生活。

每隔几十海里，还会有一座座规模不等的海上城镇，110-5渔业区的中心镇，就坐落在离小胖家20海里的地方。找到摩托艇的时候还没到中午，于是唐爸决定请孩子们到中心镇去吃饭。

和三沙市的数万个海上城镇一样，110-5中心镇是由一座座的海上平台连缀而成，平台之间是宽阔的水道，快艇、摩托艇往来穿梭，很有些威尼斯的感觉，镇上有商场、超市、酒店、饭馆、电影院……一应俱全，这里的生活和大陆上一样便利丰富，更何况有便宜到极点的各色海鲜，绝对是美食家的天堂。

唐爸将自己的游艇停在了公共码头，便带着沈新和孩子们四处逛，每座海上平台之间都有天桥或是海底隧道相连，虽然有点像一座巨大的迷宫，但是智能化指示系统和语音问路系统可以随时帮助到游人，即便像沈新这样的新居民，也不会迷路的。

每隔几十海里，还会有一座座规模不等的海上城镇，110-5渔业区的中心镇，就坐落在离小胖家20海里的地方。

不过孩子们可是这里的常客，想都不用想就把唐爸拉到他们最喜欢的玩具店、冷饮店还有游戏厅，狠狠地宰了今天心情超好的他好几刀。

中午，大家在中心镇通信塔顶的旋转餐厅吃了龙虾汉堡餐。吃过了、玩美了之后，唐爸正准备打道回府，把孩子们一个个送回各自的家，忽然他的手机响了起来，是唐怡打来的电话。

“老爸，沈新和你在一起吗？让他接电话。”唐爸知道自己的女儿是一个急脾气，二话没说就把电话递给了沈新。

“沈新，琪琪在中心镇附近吗？”

“应该在，我看到它上午跟我们过来了。”

“太好了！你马上来海警码头，我需要琪琪协助警方一下！五分钟内到！马上行动！咔……”

“准是出案子了，”山子对军事和公安特感兴趣，平时特别崇拜唐怡姐姐，“唐怡姐还有她的特警海豚莎莎可是我们这儿的明星，破了好几个案子，还救过人，这几天莎莎被邻近渔业区的分局借去了，这次可能想让琪琪来帮忙吧。就是不知道琪琪受没受过军事训练……”

“呵呵，别说那么多了，我过去看看再说……”

“我们也去……”唐爸怎么也拦不住几个男孩子，只好依着他们一起离开餐厅，一路小跑奔向海警码头。

一身戎装的唐怡和她的几位同事已经在海警码头的一艘海警巡逻艇上等候，这是一艘水翼艇，时速可以达到70节，大量应用了复合材料，还装备着威猛的速射火炮，有朝一日能驾驶这样的快艇，穿上威武的海警制服，是不少三沙男孩子的梦想。

禁不住孩子们的软磨硬泡，再加上今天的任务是一次海底搜索，危险性不大，唐怡的上级领导于队长同意几个男孩子上艇，而唐爸爸还是按原计划把女孩子们先送回家，唐小胖非说自己要护送女孩们，结果被其他几个男生连拖带拽强行拉上了快艇。

“唐警官……呵呵，好久没有这么称呼你了，今天有什么大案子吗？”

“也算不上大案子吧，可能是公海那边流窜来的海盗，入室盗窃。不过在我们这里平时治安太好了，这也算是比较罕见的案子了。”

“不是吧，唐怡，琪琪是海豚，不是警犬呀，它连鼻子都没有，你想让它追踪逃犯吗？”

“我当然知道海豚几乎没有嗅觉啦，中心镇的智能监控系统还是很先进的，小偷逃脱的时候就被发现了，巡警追赶到东南海域，小偷忽然把盗窃物丢入海中，所以就想麻烦一下琪琪。”

“是不是偷了金银财宝呀？”小胖忽然来了兴趣，开始瞎插嘴。

“应该不是，不过被盗者是我们这里有名的慕教授，他是附近人工智能研究中心的首席科学家，现在还在中心执行任务，联系不上，所以我们也还不知道到底丢了什么……”

“那为什么不派出海下搜索机器人呢？地毯式搜一下不就解决了？”沈新感觉这次有点大材小用，被唐怡瞪了一眼。

“哦，我明白了！”小胖一副欠揍的表情，和另外几个孩子嘀咕：“准是我姐想和沈老师见面，才把我们都给骗来了，还以为能看看大案，没想到这么无聊……”

还没等他说完，屁股上就挨了姐姐一脚，幸亏他皮糙肉厚脂肪多，要不然被警靴踢一脚，也够疼上半天的。

“我叫琪琪来，是因为那片海域海底植物太多，搜索机器人不好使！”

“我才不信呢！”这些顽皮的孩子们听说不是血案，完全没有了紧张感，在小胖这个“警员家属”的带领下开始在飞翼巡逻艇上大闹天宫，还好警察们到是喜欢船上难得如此的热闹。

沈新通过水下扬声器联系到了琪琪，飞翼艇采取15节左右的低航速，向目的地驶去，海豚则轻松地跟随着，时而还会跃出水面，和船上的孩子们互动。

“沈新，琪琪最近的军事训练成绩怎么样？我离开的这一年，你不会放松了对它的训练吧？莎莎可是进步很快呢！”

原来，唐怡当时是海南武警学院的硕士研究生，为了掌握训练和饲养海豚并用于海洋公安的技术，才到了沈新他们研究院，在那里和沈新一起工作了两年多的时间，共同训练出琪琪和莎莎这两只适应南海环境的宽吻海豚。不过去年三沙公安局决定让唐怡和莎莎回到南海，适应这里的环境。没想到，短短几个月的时间，莎莎不但完全适应了这里，而且多次立功，成为110-5渔业区优秀的“人民卫士”。

而今年，沈新也极力请求研究院的领导，派他和琪琪过来，一是研究海豚如何用于海洋农业生产，其次嘛，还要研究驯养海豚的繁殖问题，说白了就是让琪琪和莎莎这对青梅竹马的海豚情侣尽快有自己的小宝宝。再者呢，不说大家也都明白的……

“你放心，去年琪琪虽然主要练的是有关提高生产技术的技能，不过它可是非常聪明，以前学过的课程一个没忘，去年的军事科目考核全都是优秀！”

沈新还真没吹牛，琪琪也特别给力，到达预定海区，不到15分钟，它就在沈新的指挥下，从海草茂盛的海底，找到了小偷丢下的东西，孩子们一片欢呼，警官们也都说，这回有了莎莎和琪琪，什么案子都难不倒他们了。唐怡在船尾的亲水平台上给了琪琪一个大大的拥抱，还狠狠地亲了它一口，而琪琪也没有忘记阔别一年的女教官，在唐怡的怀里欢快地叫着。

“沈老师，你现在是不是特别羡慕琪琪呀？”孩子们一个劲儿地起哄，沈新深知要想当好这个辅导员必须让自己成为一个在孩子们眼中特别有面子的人才行，他暗自给自己打了打气，也跑到亲水平台那里，和唐怡、琪琪抱在一起。平时被称为“麻辣警花”，让很多男警察都害怕的唐怡竟然毫不反抗，还和沈新有说有笑，看得一旁的小屁孩们目瞪口呆，真的有点崇拜起沈老师来了！其实沈新也是大吃一惊，真没想到，这还是他第一次和唐怡亲密接触呢！

6 排练

琪琪打捞上来的，是一个大容量军用电子硬盘，里面是什么资料虽然现在还不清楚，但是慕教授的资料肯定是非常机密的。海警队的领导们一致认为这件事情十分蹊跷，绝不是普通的盗窃，而且他们怀疑，盗窃犯在逃脱的途中已经将硬盘里面的资料全部复制走了。虽然他也同时偷取了一些比较值钱的财物来迷惑警察，但是如果他能在逃跑途中的短短几十分钟内破解这个加密硬盘的密码，那么，他绝对不是一个简单人物！他背后到底隐藏着什么样的秘密，现在还真不敢想象。

不过这些事情，和沈新师生没有什么关系，在海警大队吃过晚饭之后，唐怡他们用飞翼快艇把孩子们一个个送回了家。

研究院分给沈新的海上别墅和唐小胖家的比起来有点小，属于单身宿舍级别的，不过麻雀虽小五脏俱全，功能倒是特别先进，还配有一艘全能科研型可下潜游艇，沈新当然十分的满意。

海上别墅的另一个巨大优点就是可以随意搬迁，海上农场主们可以把自己的别墅拖到农场的任何一处风水宝地重新下锚固定，而在海上城市工作的人们，可以随时把自己的公寓浮舱搬到工作单位附近，或是离每个家庭成员工作场所距离相等的地方，所以三沙市的上班族很少遇到交通拥堵的问题。

五一、十一假期，还有南海上每个温暖的春节，海上农场主们还喜欢把自己的公寓开到附近的中心镇去，在那里和邻居们一起，度过一个热热闹闹的长假。

沈新来到三沙市不久，就赶上了十一长假，110-5渔区的海上家庭除了去大陆旅游的，全都集中到了中心镇附近的海域。原本只有十几万人口的中心镇，面积一下子膨胀了好几倍。不过镇政府和海警队这种场面见得多了，在他们的指挥下，一切都是有条不紊的，谁家的海上别墅应该停泊在什么位置，什么地方留出小路，什么地方要留出大道，什么地方是购物区，什么地方是游乐区……随着每一栋别墅的就位，中心镇的电子地图也在实时更新，居民们可以方便地通过手机找到自己想去的地方，还能知道自己的亲朋好友今年住在什么地方。

三沙市是个富裕的地方，海上农场主们靠辛勤的劳动个个都非常富裕，所以每次的黄金周，也是各大商业企业来这里淘金的黄金时间，京东、淘宝、苏宁、国美、宜家……所有国内外的知名商超，都派出数百艘十万吨的超市船到三沙市的各个渔业区来，这些巨轮上装满了各式商品，被油漆一新装饰得花枝招展，集中停泊在海上城镇的购物区，非常壮观。每天一大早，居民们开着游艇、摩托艇蜂拥而至，在这里采购自己满意的商品。

三沙的黄金周，还吸引了众多大陆游客，海上城镇独特的风光，美味的海鲜，热情的海上人家，还有优惠的商品，都是他们的最爱。很多大陆游客还往往因为一次三沙游，爱上了南海，最终申请移民，成为南沙的正式居民。

每当这个时候，女海警唐怡是最忙的，协助疏导交通、维持治安、日常巡逻……一天要忙16个小时，根本没机会和家里人一起享受休闲时光。不过今年她有了一个特殊任务，虽然不那么忙碌，但是责任却更加重大。

原来，三沙海上马戏团这个国庆节要来110-5中心镇巡回演出，吸引了很多大陆游客和其他渔区的来宾，镇领导觉得这可是宣传110-5渔区的大好机会，决定让唐怡和警用海豚莎莎也出个节目，海警队的于大队长多嘴，想起前几天替莎莎执行公务的琪琪，非提议让沈新也参与进来。

有机会和唐怡同台，再加上能让两只海豚早日重逢，沈新毫不犹豫就答应了。不过，这事情被小胖知道后，泄露给那一帮淘气鬼，转天早上海警队派船来和沈新会合去110-9渔区接莎莎的时候，这几个小家伙忽然冒了出来，哭着喊着要一起去，于大队长拧不过他们，只好带上了这些小累赘。

110-9渔区可不近，来回要两天时间，人在船上没什么，可是如果让琪琪跟随游艇游过去，虽然健壮的海豚可以完成任务，但是却相当耗费体力，怕会影响之后的训练。所以沈新这次给琪琪穿上了海豚专用潜水服，这样除了可以加强训练员对海豚的控制外，还因为这套潜水服配有助力装置，所以受过训练的海豚，可以轻松保持40～50节的速度，比一般的军舰都快，达到了中等鱼雷快艇的速度。

一路上，孩子们都在给唐怡和沈新瞎出主意，什么让琪琪和莎莎表演拔河比赛，让唐怡穿带警徽的比基尼……结果可想而知，每个孩子都被唐怡踹了好几脚。不过沈新倒是和他们一伙的，还说什么这是很好的头脑风暴，能锻炼同学们的想象力，当然，他也没逃过警靴的“亲密接触”。不过最后表演方案还是基本确定了，训练时间表也敲定了，成果还是不错的。

110-9海警大队真是不想放莎莎回来，那边的女训练员也和莎莎有了感情，一说话就要流泪，莎莎在他们那边一个多月的时间里，完成了不少艰巨任务。于队长、唐怡他们劝了半天也不管用，人家还是伤心，最后沈新说，这次把莎莎接回去，争取让两只海豚早日完婚，然后好好训练生下来的小宝宝，两三年后一定送给110-9渔区一只最棒的警用海豚。

办好了交接手续，大家一起来到了饲养池，莎莎显得特别焦躁，在池子里来来回回快速游动，看到自己最亲近的唐怡也只是过来亲了一下，对于一年多没见的沈新，好像有些害羞，或是不确定是不是他，只是时不时地瞄上一眼。

“怎么了，莎莎？”110-9的女训练员也很奇怪，“她平时很听话的呀，今天这是怎么了？”

莎莎也不时地冲着女训练员大声尖叫，想让她把自己放到大海里去。

“朱丽叶知道罗密欧在窗外时，就是这种表现！”还是沈新最先明白过来了，两只海豚虽然没见面，但是他们早就通过自己的叫声，知道了彼此的存在。每个海豚都有自己的名字，是一些超高频的声音符号，海豚相遇的时候总是先听到对方自报姓名的歌声，如果是家人和朋友就会扑过去相见，要是陌生海豚或者异种海豚就尽量敬而远之。

看来琪琪和莎莎早就音频聊天半天了，现在急着见面亲热，可这些人类还在弄那些破手续，海豚们当然会大发脾气了。

果然，饲养池下面的闸门一开，还没等莎莎冲出去，琪琪就钻了进来，两只海豚又是亲又是抱，还不停地在水里翻滚，好半天不能平静。

等它们闹完了，已经很晚了，不过幸亏海豚们不需要睡觉，24小时都很活跃，唐怡和沈新给两只海豚穿上专用潜水服，于队长和110-9的同事们告别后就返航了。

夜色中的大海，群星璀璨，月色给波浪镀上温暖的粼光，快艇划破海面，留下雪白的航迹，两只海豚追逐嬉闹，乘着船前的兴波，身上红蓝白三色的灯光在大海里时隐时现。孩子们在船舱里睡熟了，唐怡和沈新站在甲板上享受着温暖的海风。

“终于团聚了！没想到它们两个还真没忘记以前的事情……”

“是呀，我们以前有那么多快乐的记忆……沈新，你这次能申请来南海，我真是特别高兴。”

果然，饲养池下面的闸门一开，还没等莎莎冲出去，琪琪就钻了进来，两只海豚又是亲又是抱，还不停地在水里翻滚，好半天不能平静。

“为琪琪和莎莎高兴?”

“……答对一半……也很高兴能和你再次合作……”

沈新犹豫了一下，偷偷地从后面搂住身边这位一身戎装的美丽女孩，唐怡没有像以前一样报以拳脚，竟然主动地靠进了沈新的臂弯……

7 水上马戏团

沈新和唐怡的温情没有持续几天，在训练场上，不同的训练思路让这两个人又恢复了以前吵吵闹闹的亲密关系，分开一年多的生疏感也随之消失得无影无踪。

琪琪和莎莎毕竟是工作海豚，如果和三沙马戏团的专业表演海豚拼杂技恐怕是要甘拜下风的，所以沈新和唐怡最后决定使出杀手锏，一定要在表演那天为110-5渔业区争光！

十一那天，一夜间形成的临时海上城市格外热闹，尤其是游乐区这边，大小船只挤满了码头。三沙马戏团占地一平方千米的巨大浮岛式表演馆里座无虚席，超现代化的全自动马戏表演舞台，可以随时切换成陆地动物模式和海洋动物模式，无论是真人杂技、狮虎大象、驯犬耍猴，还是海狮鲸鱼表演都能在同一个表演区域进行。

唐小胖最喜欢一个叫罗马斗兽的节目。一只老虎被放出兽笼，和斗兽场里面一个身着古罗马服装的武士激烈搏斗，武士和野兽先是互相试探打量，绕着场子徘徊，最终老虎先耐不住性子发动了进攻，武士左躲右闪避开了利爪的攻击，还用手中的盾牌和利剑击中了老虎的身体。不过，被激怒的老虎攻击得更加猛烈，几个回合之后，竟然把武士的利剑和身上的盔甲一件一件地抓了下来，变成了赤膊大战。最终老虎的一次猛扑，将武士撞倒在地，它张开血盆大口咬向武士，就在全场响起一片惊呼声的时候，武士忽然隐身了，霎时间移动到老虎的身后，拿起利剑一下子将老虎放倒……这时全场的观众又开始同情起老虎来……

就在这时，一位长得一模一样的武士从后台走了出来，只不过他身穿驯养员的服装。他走到倒在血泊中的老虎面前，仿佛施展魔法般的在老虎额头上轻轻抚摸，老虎竟然重获生命，慢慢地苏醒过来，还和驯养员亲密拥抱。

更奇怪的是一旁的武士，观众发现，他好像着了魔一般在原地学着驯养员的一举一动，活像个木偶。有些聪明的观众明白过来了，原来，这个武士只是一个全息立体影像，刚才的搏斗场面是一只真的老虎和驯养员通过动作捕捉系统操纵的一个虚拟人物共同表演的，洒落一地的武器、盔甲和血迹也只不过是虚拟的立体影像而已。

但是在这么巨大的场地、数万名观众面前播放这么逼真的虚拟影像，同时还需要老虎训练有素地配合表演，在弄明白了原理之后，观众们还是爆发出一片掌声。

驯养员还不见好就收，为了增加节目的娱乐性，他竟然问在场的观众，有没有人想扮演虚拟武士，和老虎再来一场决战。

唐小胖绝对属于叶公好龙类型的，刚才叫好叫得最欢，一到动真格的就歇菜，坐在椅子上吃起爆米花来，不过山子、米果和赵晓波他们几个人一起举手，另一只手都指向小胖，一致推荐他。结果，这一幕竟然被现场的录像师发现了，播放到了现场的大屏幕上，驯养员觉得很有意思，就真的邀请小胖上场表演。

被损友们坑害的小胖被自动悬浮座椅接到了入场门口，两位美女助理驯养员给他戴上了特制的头盔、手套和防护服，并且告诉他，这次是他到场地上和一只虚拟的老虎搏斗，希望他勇敢地战胜猛兽。

不过一上场，没见过这么大场面的小胖就觉得不对劲，这老虎怎么那么逼真呀，一点儿平时看立体影像的不真实感都没有，那两只大绿眼睛这么近距离地盯着自己，还真能吓死人。而且，老虎似乎看出了小胖的心虚，竟然凑过来围着小胖来回地转圈，还左闻闻右闻闻，小胖都能感受到它呼出的热气，怎么感觉这都是真老虎呀！

小胖定了定神，犹犹豫豫地伸手，想摸摸老虎，这一摸可不要紧！妈呀！这就是真老虎！老虎的屁股摸不得，可这手感还真不错！我怎么那么倒霉呀，真是“命苦赛过懒羊羊”啦！

思维有点混乱的小胖差点没坐地上，不过前几天有了鲨鱼事件，他的抵抗力好像增强了一些，至少没有吓晕过去。

“什么情况呀？这个老虎怎么是真的？”小胖的哭腔通过麦克风进行了现场直播。

“小朋友，你为什么觉得老虎是真的？”

“因为我摸了老虎屁股，手感特别好……”全场观众还不知道是怎么回事，很有些哭笑不得的感觉。

“那你能感觉到老虎的体温，还有味道吗？”

“嗯……没错，老虎有点臭……”观众们有些快憋不住笑了，不过后台的沈新和唐怡有点担心，想去导演那里问问情况。

“那好，小朋友，你先别紧张，有可能是我们工作失误，把真老虎放进去了。但是，你穿的防护服是非常好的，老虎不会伤到你，而且这个衣服有力量增强装置，你试试能不能把老虎赶回笼子？”

“啊？怎么会这样呢？”唐晓鹏感觉自己好像吓得快尿裤子了，这时他下意识地看了一眼米果和山子他们，心想，可不能在自己好朋友面前再出丑了，没办法，试试看吧。

小胖推了推老虎，老虎不但不动地方，还有点不耐烦地向他吼了几声。小胖踹了老虎一脚，老虎急了，追着他绕场跑了好几圈，才停下来。

“这位小朋友，你的力量没有老虎大，不过像对待其他动物一样，你可以试试和它们交朋友，看看能不能把老虎带回笼子。”

“和老虎交朋友？它又不是猫咪……”不过小胖还是尝试着善意地抚摸了一下老虎，没想到，老虎这次还真没发脾气。于是小胖指着笼子和老虎说：“你该回去吃午饭了，快回去吧，中午吃牛排，可香了！”

可能是老虎听出小胖没有威胁性，竟然真的站起身来，向笼子走去，进了笼子还回头向小胖摆摆爪子，好像是说再见。

“小朋友，你很勇敢！”驯养员跑上场，来到小胖身边，“观众朋友们，刚才这位小朋友亲身体验了我们赞助商提供的最新型模拟现实游戏设备，这位小朋友穿上模拟服，不但能体验真实的三维影像、

可能是老虎听出小胖没有威胁性，竟然真的站起身来，向笼子走去，进了笼子还回头向小胖摆摆爪子，好像是说再见。

声音，还能感受温度、味道等细节，获得非凡的游戏体验，这套装备的购买网址已经发送到各位观众的邮箱，也欢迎大家到购物区的各大超市船上购买！再次感谢这位小朋友！”

“马戏表演也插广告！我要抗议！”美女助理们刚给小胖脱下模拟服，他就噘着嘴嚷嚷。驯养员随手向空中一抓，变出来一大盒巧克力糖，瞬间就收买了他，小胖抱着自己的劳动所得，坐上悬浮座椅回到了观众席。

“唐晓鹏，你真棒！”米果的表扬比巧克力还甜，小胖心花怒放，难得慷慨了一次，把巧克力糖拆开，和小伙伴们一起分享。

中午观众们在原地休息了一个小时，在智能化座椅的触摸屏上点好自己喜欢的午餐，不一会儿，就有悬浮托盘把饭送了过来。吃好了，很多现场赞助商的有奖活动也从触摸屏上传了过来，有一些趣味问答什么的，这个赵晓波最擅长，其他的孩子帮他抢按按钮、查找资料，大家合作，一下子拿了好几个小礼品，时间不知不觉就过去了。

8 海豚明星

下午的第一个节目，就是马戏团的海豚表演队和110–5渔业区海豚部队的友情表演。马戏团的团长出了一个好主意，就是举办一场小型的海豚表演锦标赛，先由马戏团的海豚表演自己的拿手动作，琪琪和莎莎学做一下；然后琪琪它们再使出自己的拿手本领，看看马戏团的海豚能不能学会；比赛结束后双方再表演一个最拿手的节目，这样可以增加海豚部队的表演时间，也一定会更受观众欢迎。

沈新他们觉得这个主意很棒，于是提前两天就来到这里和海豚表演队演练了好几遍，今天上场绝对胸有成竹了。

节目由马戏团的一对男女驯养员和沈新、唐怡主持，女驯养员先给大家介绍了今天将要表演的6只马戏团海豚演员，接着介绍了110-5海警大队的警用海豚莎莎，以及海洋研究所的工作海豚琪琪。她还告诉现场的观众，一会儿请不要鼓掌、喧哗，因为海豚和人类不一样，它们最主要的感觉器官不是眼睛，而是听觉和声呐系统，它们能灵敏地感受到人类听不到的超声波，并且利用回声定位准确地感受到水下周边环境的每一个细节，就像我们人类用眼睛感受到的一样清晰。所以，如果在它们表演时观众特别喧闹，那么强烈的噪声会让海豚们感到非常难受，就像把我们放到烈日下的沙漠中炙烤一样。

在驯养员介绍节目的同时，足有几个足球场大小的表演区自动切换到了海洋表演模式，湛蓝的海水慢慢流进场地，驯养员们所在的区域也在不断上升，成为一个小岛，不过孩子们期待的动物明星们还迟迟没有露面。

为了防止冷场，沈新和唐怡做了自我介绍，作为生物学家的沈新从自己专业的角度和大家聊起了海洋驯兽表演的话题。

“其实作为一名海洋生物研究者，我以前一直是不赞同海洋驯兽表演的。大家都知道，海洋里的海豚和鲸类是非常聪明的生物，同时它们也是心理非常脆弱的动物。生活在水族馆的海豚因为每天被困在狭小的游泳池里，特别容易紧张，饲养员经常要给它们喂整瓶的抗酸药和肠溃药！因为海豚一旦过度紧张，就容易患上溃疡。

“甚至，曾经还有一只海豚在饲养员怀里自杀了。海豚是智慧生物，它们会自己控制呼吸，只要它们下决心憋住气就会很快死亡，这相当于人类的自杀行为，它们忍受不了被豢养，所以选择自杀。

“海豚天生长了一副可爱的笑脸，性格又活泼好动，让我们一直误以为生活在水族馆的它们是快乐的，其实它们的遭遇往往很悲惨。

“每年当海豚沿着海岸迁徙到日本时，它们会遭遇船队的阻挡和驱赶。大量海豚，包括它们的孩子，被驱赶到一个浅水海湾，并被渔网拦截。然后会有一些海洋水族馆的人去挑选，将海豚的家庭拆散，捕捉适合表演节目的海豚，其余的海豚会被屠宰！渔民还会当着小海豚的面先杀死它们的父母，然后再将小海豚杀死，使整个浅水湾的海水变得更浓，仿佛往蓝色的大海里注入了鲜红色的油漆！”

沈新的一番话，不但没有让现场火爆起来，反而让大家的心情变得沉重。他自己滔滔不绝讲了一番之后，终于发现自己职业病发作了，可再想补救，却紧张起来，结结巴巴的不知该说什么了。

唐怡接过话筒，给大家敬了个军礼，一身藏蓝色的泳装上还印着警徽：“市民朋友们，游客朋友们，大家好，我是110-5海警大队的民警唐怡！”

唐怡可是110-5渔业区的明星警花，观众一下子沸腾起来。孩子们高喊着“唐姐姐”，拿出立体影像荧光棒给她加油，一些年轻人也跟着起哄吹口哨出怪音。

“刚才沈博士介绍了以前海洋驯兽表演不为人知的一面，大家听了可能很不开心，但是咱们三沙市的马戏团，是不会允许这种悲剧上演的！大家请看！”

这时表演区的水位已经达到了表演标准，几扇通往外面大海的闸门敞开了，表演的主角们撒着欢儿地游了进来，8只漂亮的灰色宽吻海豚有的在水下潜行，有的跃出水面，有的还排成整齐的队列，进入了中央表演池。

“咱们三沙马戏团的海豚表演队，是世界上第一个半野生海豚表演队！”漂亮的女驯养员开始正式介绍起来，“我们的海豚绝不会被关在狭窄的小泳池里度过悲惨的一生，而是自由自在地生活在咱们祖国辽阔的南海之中，它们和野生海豚一样，每天可以在大海里巡游数十千米，可以捕捉自己爱吃的生猛海鲜，可以和别的野生海豚嬉戏交流，甚至打上一架。而我们的驯养员会开着快艇和潜航器与它们一起生活，随时通过海豚语言翻译机和它们交流，在不知不觉中教会它们表演动作，在遇到危险的时候保护它们的安全……我们就像一家人一样，驯养员刘老师还通过比赛成了这群海豚的老大，所有的海豚美女都最喜欢他！”

男驯养员摆了个健美运动员那种自信的姿势，

几只小海豚也十分配合地凑过来“索吻”，而两只小公海豚假装在旁边吃醋，调皮地泼了男驯养员一身水，琪琪和莎莎则打开了身上装备的警灯，满池子追逐那两只“肇事”海豚，逗得孩子们笑得前仰后合。

表演正式开始了，首先出场的是小海豚安妮和迪克，驯养员告诉大家，今天能看到它们的表演很幸运，这两只小海豚今年刚满五岁，按照规定还没到上台表演年龄，今天是它们作为动物演员第一次尝试表演。

两位新出道的“水上明星”开始表演了。它们时而如同蛟龙出水，腾空跃起；时而像小孩子，对着驯养员撒娇；时而就像穿着燕尾服的绅士，用尾巴走路，露出雪白的肚皮；时而又好像舞蹈家，在碧蓝的水面上翩翩起舞。

随着美妙的音乐声响起，安妮兴奋地开始了很有难度的顶球表演。驯养员首先在它的头顶放上一个球，安妮准备好后，一边用嘴顶起皮球，一边用鳍撑着身子优美地绕着舞台走了一圈，接着驯养员又在它头上加了两个球，安妮照着刚才的动作又稳稳地绕着舞台走了一圈。全场观众一起挥起了荧光棒喝彩！

迪克更厉害，一次就顶起了驯养员扔过来的三个球，随着音乐的节奏跳下水，在水里游来游去。三个球有条不紊地上下翻飞，迪克顺利地完成了运球，观众席中的孩子们再次报以热烈的掌声。

动人的音乐又响起了，安妮跳起它最拿手的芭蕾，它优雅地移动它的胸鳍，轻轻地摆动它的身体，在舞台上旋转。迪克也不赖，音乐一响，就躺在地上，打起滚儿来，还不时地拍手，向观众们展现自己。

接下来是投球比赛，安妮先投，驯养员给一个球，安妮就投一个球，这边一个球，那边一个球，全部投中！轮到迪克投篮，它先做了做热身运动，一下跳进池中，驯养员甩出一个球，迪克就顶回一个球，也将所有的球准确投进篮里。

两只小海豚的亮相表演之后，马戏团的海豚们悉数登场。它们训练有素，在驯养员的指挥下时而在池中高高跃起，用细长的嘴巴顶一下皮球；时而落入水里，就像一个个落入碧波的仙子，妩媚而灵动。

两只成年海豚闪亮登场，银灰色的身体在水中游来游去，就好似一艘艘巨大的潜水艇在水中移动。它们每一只体长都有三米，看起来壮观极了。它们先游到表演区中央，围着表演池游了几圈，突然双双跃出水面，在空中划出一道优美的弧线，又以漂亮的姿势入水，观众不断挥舞着手里的荧光棒喝彩。海豚像是明白观众在为它喝彩，跳得更欢快了，并且不时地用它漂亮的吻部顶一下吊在半空中的彩球，就像个技艺高超的杂技演员。

海豚还会模仿秀！当音乐声响起时，它们排成一排，模仿小企鹅走路。它们模仿企鹅的笨重外表，摇摇摆摆，憨态可掬。惹得现场的孩子们大笑起来，又怕声音太大惊扰到海豚，赶紧用手捂住嘴。

之后的表演是钻圈圈。海豚首先摆动灵活的身躯在水中游到圆圈的后下方，然后向前跳起，灵巧地通过了悬挂在空中的圆圈，最后像潜水员一样优雅地落入水中。生活在海中的海豚是自由而不受约束的，它们随心所欲地在海中游泳。但在众多游客的眼中，它们还是免不了有些害羞的。它们偶尔

两只成年海豚闪亮登场，银灰色的身体在水中游来游去，就好似一艘艘巨大的潜水艇在水中移动。

“吝啬”地露出胸鳍，然后潜入深海，神出鬼没的，就像一个个顽皮的小精灵。有时它们又像一对对默契的情侣一样在海里游荡、在海面时隐时现。

唐晓鹏最喜欢看的海豚表演是海豚呼啦圈和高空顶球。圆环套在海豚尖尖的嘴巴上，然后它便扭动身体使圆环转着圈，就像孩子们转呼啦圈一样，非常可爱。高空顶球更刺激，只听“噌”的一声，海豚从水中笔直地跃出水面，用尖尖的嘴巴去顶挂在十米多高上方的球，顶到球以后以最快的速度跳进水中。这时，水花四处飞溅。

在孩子们眼里，今天的每一个节目都那么有趣，那么美妙而又惊险。

海豚还是天生的语言家。它们是海洋里最会运用声音的动物，它们能根据不同情况发出尖叫声、口哨声、打嗝儿声、叹息声和呻吟声，以此来表达不同的感情。

女驯养员通过麦克风宣布：“高难度的表演后，让我们来舒缓一下大家的情绪，静听一下来自于大自然的海豚之音！”

海豚的歌唱表演开始了，这可是名副其实的海豚音！有多少人试图模仿海豚的声音，今天我们终于可以听到真正的“海豚音”了。在驯养员的指导下，有几只海豚把脑袋探出了水面，因为它们是用肺部呼吸的动物，所以不会感到缺氧。这让所有观众都看清了海豚真正的样子。海豚有一个银灰色的背部，腹部是白色的，嘴巴很尖，背部有一个三角形的背鳍。眼睛不大，但透着机灵。最重要的是，它们的鼻孔长在头顶！头上有两个“小洞”。像鲸鱼一样，当它们在海中活动时，只要它们从水中探出脑袋，它们就可以呼吸。而大家常常认为是海豚鼻子的部位其实是它们的吻部！海豚们张开嘴，开始唱歌。海豚的歌声是一种“呜呜”的声音，那是祝福人们的海豚之歌。海豚随着音乐在水中漂浮和跳动，那是它们在跳舞。海豚的音调很丰富，可以变幻出许许多多的调子。有时候声音是尖锐的，就像狼獾一样；有时候声音很低，好像在说些什么。驯养师告诉观众，海豚发声部位的肌肉非常发达，可以发出超过30种不同的声音。它们的歌声绝对是“海中的天籁”！

海豚有一个聪明的大脑。它会用脑袋顶球，还会做算术题，十以内的加减它都会算。接下来的表演项目中，驯养员要考考海豚。要知道，海豚成年后，智商可以达到四五岁小孩的水平。动物能有这么高的智商相当罕见。但是海豚再聪明，只凭它会的30多种声音，也是无法通过说话来回答问题的啊。这难不倒驯养员，海豚虽说没有脖子，但它的头跟人的头一样，是可以上下左右摆动的，它可以用头来表达。男驯养员温柔地问其中一只调皮的小公海豚："哥哥那么辛勤地照顾你、训练你，你喜欢哥哥吗？"那海豚思考了一下，随即疯狂地开始摇头，小脑袋像拨浪鼓一样地摆动起来。这下弄得驯养员尴尬不已："那你喜欢谁呢？"小海豚围着小舞台转了一圈，从水里一跃而起，投入了唐怡和女驯养员的怀抱，还一个劲地点头。现场的观众也为海豚的天真可爱鼓起掌来。海豚竟然真的可以听懂人话，真成了"海豚精"了？

短短几分钟里，海豚的表演赢得了观众的阵阵喝彩。节目结束后，几只海豚一起向观众鞠躬致谢。

接下来，海豚该上演它们的绝活——空中飞人了，这得需要海豚和技术高超的水下演员配合完成。女驯养员刚跳入水中，琪琪就抢在两只小公海豚之前把她驮到了自己背上，在小公海豚的护送下载着女驯养员快速绕场游动，翻起了一圈美丽的白色浪花。这时，男驯养员不佩戴任何器具，直挺挺地跳入水中。天啊！这可是7米深的大水池啊，不穿上潜水服跳进去风险太大了吧。只见两只海豚飞快地游了过去，潜入水底。几秒钟后，“轰”的一声，男驯养员飞出水面，水面腾起水花，两只海豚并排把他重重顶起，他的身体在空中转了几圈，犹如跳水一般，轻盈地落进水里。两只海豚还没等演员沉下去，就推着演员的两只脚，把他推向了岸边。

沈新告诉观众说：“海豚的这个行为，其实不是训练出来的，而是出自自己的天性。每当它们发现水中有不能运动的物体，它们都会去积极营救，探个究竟。”

海豚表演的绝技空中飞人结束了，孩子们由衷地佩服这些动物们高超的技能，不停地挥舞着手中的荧光棒喝彩。

之后，最惊心动魄的海豚钻火圈节目要开始了。动物生来就怕火，特别是水下动物，那就更别提了，但三沙马戏团的小海豚们可不是贪生怕死的家伙。表演开始了，海豚们逐个与它们的驯养员握手，预祝今天合作愉快、演出成功。

两只参演的海豚绕水池游了一圈，好像有点紧张，观众席里的孩子们也为它们捏了一把汗。女驯养员在一个铁圈上浇上了汽油，把它悬挂在水上。然后她点燃了铁圈，铁圈发出炽热的火光。两只海豚停在表演池的另一边，定了定神，俯身向前游。它们的背部随着波浪起伏，突然其中一只海豚向上跳跃，露出白色的肚皮，钻进铁圈。在钻过铁圈之后，海豚落入水中，溅起水花。与此同时，另一只海豚也一跃而起，冲进火圈，轻松地钻了过去，动作干净利索。

“成功了！”顿时，全场沸腾了，美妙的赞语和雷鸣般的掌声形成一首胜利交响曲。两只海豚回到水池中心，头向上一抬，马上又向下一低，算是向大家行了个礼。

9 不惧挑战

接下来，轮到琪琪和莎莎出场了，唐怡和沈新给观众们再次介绍了一些关于海豚的小知识。

“海豚是人类的朋友，目前全世界发现了62种不同的海豚种类。

“它们生活在世界各大洋中，是著名的海上‘救生员’。海豚是海洋中与人类特别亲近的动物。它们既不像森林中胆小的动物那样见人就跑，也不像深山老林中的猛兽那样遇人就张牙舞爪，相反它们总表现出十分温顺可亲的样子与人接近。

“如果有人掉进海里，海豚就会把他推到岸边。在遇到鲨鱼伤害人时，海豚也会见义勇为，挺身相救！

“最新的科研成果显示，在海豚的眼中，人类也是一种十分可爱的动物。人类不但会通过眼神、语言、动作和海豚互动嬉戏，而且长得萌萌的，和小猫咪一样乖巧可爱。可以说，人类和海豚是天生的伙伴！

“咱们三沙大学为了让海豚能够更好地和人类一起生存，做了很多研究工作，专家们开发出了很多新的工具，比如能够和海豚进行交流的电子背包，这样一来我们就可以和海豚朋友进行一些简单的语言交流，让彼此更清晰地了解对方的想法。

“所以经过长时间的训练，三沙大学培养出来的海豚，会比马戏团里的海豚更适合作为人类的小助手，帮助我们进行海洋农业的劳动生产，也能为保护海洋做更多的工作。

“今天，我们三沙大学的海豚将和马戏团的海豚们举行一场友谊赛，看看我们聪明的海豚朋友能不能掌握彼此的小绝招。”

琪琪和莎莎游到了表演池的右侧，马戏团的小海豚则游到了表演池的左侧，双方都跃跃欲试，想要展示自己的绝技。海豚们兴奋地用尾鳍拍击水面，溅起一朵朵浪花。

马戏团的海豚先表演了几个简单的动作：海中直立游泳、顶球特技，琪琪和莎莎都能准确地模仿。双方还愉快地玩起了水中排球，熟练的接发球动作不亚于专业排球运动员。观众席上的孩子们看得如痴如醉。最后，淘气的琪琪用自己强劲有力的尾鳍将排球打到了观众席之中，一位肌肉发达、皮肤黝黑的外地游客抢到了这个排球。驯养员宣布将这个排球作为礼物送给他。这位游客十分高兴地将排球送给了身边一个七八岁的小女孩。

接下来，轮到琪琪和莎莎出题了。这两只工作海豚的背部都背着一个流线型的电子背包，这个背包体积不小，但是都是定制的，适合不同体型的海豚，不会影响它们游泳、觅食和工作。背包里有能够在海底和海面上保证高质量通信的无线电和激光设备，它们的人类伙伴随时都可以通过背包里的摄像头了解海豚周围的环境，同时，背包里的音频设备还能够完成人类语言和海豚语言之间的翻译和传递，非常方便。海豚背包自己还带有能源系统，可以随时利用太阳能和潮汐能来提供电力。在关键的时候，背包就变成一个助力潜航器，让本来就非常善于游泳的海豚获得更快的速度，甚至能追上大多数的舰艇。

琪琪和莎莎开启了背包的助力系统，在表演池内高速环游起来，马戏团的小海豚们也不甘落后，追了上去。一开始，这些在自然环境中生长的小海豚果然十分强壮，和琪琪、莎莎你追我赶，把本来宽阔的表演池变成了一个沸腾的“大汤锅”，水花四溅，观众席里的孩子们一个一个都变成了欢笑着的“落汤鸡”。

但是随着助力系统不断提升功率，琪琪和莎莎脱颖而出，把马戏团的海豚们甩了好几圈，简直变成了两枚威力强大的鱼雷。很快，其他的海豚都有些疲惫了，纷纷爬上了驯养员的小岛，彻底缴械投降了。

琪琪和莎莎有点人来疯，还在表演池里不停地游来游去。小岛上的沈新和唐怡赶忙挥舞双臂用肢体语言发出命令，让两只小海豚逐渐减速，也回到了小岛上。

琪琪和莎莎一上小岛，马戏团的小海豚们就像调皮的孩子一样，一副羡慕嫉妒的样子，蠕动着身体挪到小岛的另一边，故意和两只工作海豚保持一段距离。而琪琪和莎莎一副胜利者的姿态，摇头晃脑地吃着马戏团驯养员喂给它们的小鱼，还通过背包连声说："好香！好香！"其他的小海豚只好在一边委屈地"嘤嘤"叫着，看起来有些可怜。

男驯养员假装有些看不过去了，来到沈新面前拍了拍他的肩膀说道："沈老师，咱们三沙大学的海豚果然训练有素，而且装备精良，这一局算你们赢了。但是我们马戏团的海豚也不是吃素的！下面我们来表演一个高难度的特技，没有两三年的时间，一只海豚是很难掌握这个动作的。这一局我们赢定了！"

男驯养员比长得很高的沈新还高上半头，还是个肌肉男，在气势上就打败了学者气质十足的沈

琪琪和莎莎有点人来疯，还在表演池里不停地游来游去。

新。再加上他说训练这个特技需要好几年的时间，沈新支支吾吾地一时也不敢说大话应战，只是站在那里一个劲儿地傻笑。反而是警花唐怡底气十足，通过麦克风问琪琪和莎莎：“你们两个有没有信心完成任务？”

两只小海豚可比沈新爽快多了，一边频频点头，一边通过背包里的翻译机对唐怡说：“有！”

男驯养员冲着琪琪和莎莎竖了竖大拇指：“好样的！”然后他来到水池边，从饲料桶里拿出几条鱼抓在手里，做了一个手势从马戏团的6只小海豚里召唤出一只最健壮的。

随即驯养员也跳入了湛蓝的表演池中，和海豚一起游到了场地中央，他一边踩着水一边用双手扶住了海豚的两个胸鳍，海豚用尾鳍稍稍动作，人和海豚就在水中旋转起来，仿佛是在跳华尔兹。动作结束了，驯养员喂给海豚一条小鱼。小岛上的女驯养员则告诉观众，激动人心的一刻马上就要开始了。

男驯养员拽着海豚的背鳍来到了表演池的一侧，然后他竟然把脚踩在了海豚的喙，也就是那个可爱的大鼻子上。他向前伸直身体，给海豚打了一个手势，海豚便用力地上下摆动尾鳍向前游动。这时，在水面上只能看见男驯养员像个超人一样飞驰，掀起一道漂亮的浪花。而小海豚完全在水面下潜泳，只是偶尔露出尾巴。

就这样游了几圈之后，男驯养员在水面上一个前空翻和海豚分离开来，结束了这个动作。这时他们并没有回到小岛，而是很快又会合到一起。男驯养员这一次直接站在了小海豚的脑门上，分开双臂找了找平衡，然后海豚又再次启动，驯养员的整个身体渐渐浮出了水面，就像踩在一块冲浪板上，在水池中风驰电掣。

最后，驯养员和海豚完美地配合，向小岛方向游去，就在快撞上岸边的时候，驯养员轻轻一跳，竟然跃上小岛，稳稳地向前滑了几步，站在了沈新面前，充满挑衅地上下打量了他几眼。与此同时，水里的小海豚也灵活地一个急刹车，回到了表演池中央，冲着琪琪又摇脑袋又晃尾巴，仿佛在说有本事你也来试试呀。

沈新和琪琪对视了一眼，海豚点了点头，一副胸有成竹的样子。沈新便下定了决心，一纵身跳进水里，唐怡也不甘示弱，跃入池中和莎莎会合。他们没有使用小鱼，而是直接和海豚对话，下达了一组简单的命令，然后两人漂浮在水面上伸直双腿，琪琪和莎莎自动从两人身后游了过来，用自己的吻部顶住人类伙伴的双脚，学着马戏团海豚的样子，表演起了水上飞人。不过沈新和唐怡毕竟没接受过杂技训练，收尾的动作没有驯养员那么潇洒。

唐怡通过麦克风告诉观众们，其实这个动作警用海豚也会作为日常科目来进行训练的，这是为了能在关键时刻救助落水的人们而设计的一个动作，不过一般海豚不会顶着人类的脚向前游，而是会把人背在自己的背上。

然后她和沈新装作两个落水者，在水池里扑腾着喊救命，琪琪和莎莎马上游了过来，从水面下托起了两个人，唐怡的动作很利索，完美地骑在了莎莎的背上轻轻地扶着它的背鳍；沈新则装作很笨拙的样子，把方向搞错了，面向后方骑在琪琪的身上，结果不但挡住了琪琪的视线，还被海豚的背鳍伤到了要害，他装作很痛苦地捂着肚子，观众席上的小朋友们无声地笑得不亦乐乎。

接下来，就是难度更高的挑战了，能不能够站在海豚的头顶上表演“海豚冲浪板”，这考验的不仅仅是对海豚的训练水平，也是检验这两位马戏新手近几天的训练成果的关键项目。

唐怡在水中蜷起身体，沈新在旁边拉着她的手帮她保持平衡，莎莎从水下浮上来用头部顶起唐怡，警花姐姐身体素质不错，稍有踉跄最后终于稳稳地站在了“海豚冲浪板”上，开始绕场迅速游动。

可是沈新就有点悲催了，没人扶他一下，全靠自己努力，结果刚站起来就被琪琪光滑的大脑门打败，“咕咚”一下掉进水里，反复试了几次，快接近成功了，这时却发生了一件匪夷所思的事情。

10 鲨鱼风暴

就在沈新还在努力尝试新动作的时候，表演池左边的闸门里忽然发出了奇怪的响声，观众们发现在水底有一个巨大的阴影以非常快的速度游了进来。那阴影足有一艘船大小，长宽都在20米左右，不知道是个什么怪物。

观众席居高临下，又坐满了熟悉海洋的渔民，很快便有人认了出来，高喊着："马鲛鱼！马鲛鱼游进来了!”

小岛上的驯养员和泡在水中的沈新、唐怡，由于视线的关系，看不到水中发生的情况，一时有些反应不过来。因为表演池和外面的大海是相通的，所以有鱼儿游进来也是常有的事情。马鲛鱼是南海里一种常见的鱼，体形不大。按说表演池里进来几条马鲛鱼应该不会引起这么大骚动的。海豚可比人类敏感多了，莎莎和琪琪还有马戏团的小海豚们早就用声呐系统“看到”马鲛鱼了，这也是它们喜爱的食物，所以一个个兴奋起来，在表演池里捉起鱼来。连平时非常听话的莎莎也扔下了唐怡加入了捕鱼的团队。

表演池的空间毕竟有限，当马鲛鱼群被逼到水池边上无路可逃的时候，纷纷跳出水面，唐怡他们才了解到，原来是一大群马鲛鱼跑进了表演池。现在在南海里这么大群的马鲛鱼同时出现也是难得一见的，所以观众中的老渔民们也都站了起来，兴奋得手舞足蹈。

不过也有些人非常冷静，山子就是其中之一。他拽住了跃跃欲试想跳进表演池的唐小胖，冲他喊："小胖，这么多马鲛鱼忽然冲进来肯定有蹊跷，这些鱼本来是害怕人类建筑的，怎么会无缘无故跑进来呢？弄不好后边有捕猎者在追捕，如果是海豚还好，万一是鲨鱼可就坏了。"

唐小胖听他这么一说吃了一惊："对呀！怎么会有鱼群跑到城里来呢？那不是自己把自己送进超市了吗？……不行！我得赶快去告诉一下姐姐，让他们小心点！"

山子的担心果然不是杞人忧天。就在马鲛鱼群继续大闹表演池的时候，闸门那边的水面上出现了一个巨大的三角鳍，目测足有一米半高，那可不是海豚的背鳍！马鲛鱼群顿时更加慌乱起来，许多鱼慌不择路地跳上了陆地，有一些幸运的鱼找到了另外的闸门，蜂拥而出逃回大海里去了。这时海豚也终于意识到了危险，聚集起来排好队形准备应战。沈新趁着混乱刚刚结束，赶忙向唐怡那边游了过去，想赶紧和她一起回到小岛上。唐怡在刚才的马鲛鱼大战中离鱼群太近，身上被锋利的鱼鳍划破了几处，伤口上流出了一些鲜血。

可能是鲜血的味道刺激了不速之客，闯进来的鲨鱼摇头摆尾地在水下闻了闻气味，似乎找到了鲜血的来源，它选定了方向向唐怡这边游了过来。也许是为了示威，这条大鲨鱼猛地发力跃出了水面。这一跳不要紧，在场的人全都惊呆了，它的身长竟然有八九米，要知道最厉害的大白鲨一般也只有五六米，这条鲨鱼简直就是怪物！

沈新趁着鲨鱼耀武扬威的时机，奋力向唐怡游去，想推一把让她先上小岛，可惜海底野兽的速度太快了，巨型鲨鱼已经张着血盆大口来到两人面前。沈新惊呼了一声，下意识地抱住唐怡，想用自己的身体挡住巨兽的攻击。眼看悲剧就要发生，全场的观众都愣住了，想出手相救也已经来不及了。

沈新看着面前巨鲨像猪鼻一样的大鼻子、凶狠的双眼，还有长了一嘴尖利牙齿的血盆大口，他心里一紧，闭上了双眼，可是耳朵里还能听到鲨鱼拍击水面的巨响，鼻子里还能闻到强烈的腥味……只听“扑哧”一声，沈新琢磨着鲨鱼可能咬住了自己的身体，撕掉了几十斤的肉，伤口在喷着鲜血……可是怎么感觉不到疼痛呢？难道是伤到了神经，痛觉还没有传到大脑吗？又过了片刻，还是没有什么

沈新趁着鲨鱼耀武扬威的时机，奋力向唐怡游去，想推一把让她先上小岛，可惜海底野兽的速度太快了，巨型鲨鱼已经张着血盆大口来到两人面前。

感觉，沈新试探着睁开双眼，发现自己还是比较完整的。

不远处巨鲨正在水里翻滚挣扎，十分痛苦的样子。琪琪就在鲨鱼肚子几米开外的地方，正在通过背包冲沈新大喊：“快走！快走！”

沈新来不及思考，和唐怡携手奋力向小岛游去，两位驯养员赶忙接应，把他们两个拉了上去。

“发生了什么？”刚一上岸，唐怡就问道。

“是这只小公海豚救了你们，它用鼻子撞击了鲨鱼的肚子！”

“琪琪真是好样的，”沈新说，“它还没有忘记防鲨驱鲨的训练要领。海豚虽然有些忌惮鲨鱼，但是在紧急情况下，它们还是凭着自己掌握的制服鲨鱼的本领制服了鲨鱼。鲨鱼是一种软骨鱼类，腹部缺乏骨骼的保护，所以比较脆弱，只要海豚用力撞击那里，就能击败鲨鱼，而且鲨鱼往往是单独活动，如果面对一群海豚的话，常常凶多吉少。不过今天这条鲨鱼怎么这么大呢？简直是变异了。”

“是呀，这条鲨鱼看样子像是条牛鲨。这种鲨鱼虽然非常强壮能够猎食大白鲨，但是个子并不太大，一般比大白鲨要小很多。像这么大的牛鲨，恐怕我们的几只小海豚是打不过它的。”唐怡点了点头，赶忙找到步话机，和分局取得联系说明了情况，“分局长他们马上就到，在这之前我们必须保证海豚和观众们的安全！”

几个人马上分头行动，驯养员们用肢体语言命令马戏团的海豚通过闸门回到大海，六只海豚非常听话，从不同的闸门离开表演水池。大怪鲨恢复过来之后，还想攻击海豚，但是它的游泳速度和灵活性不如海豚，智商更是差得很远，看见海豚们分头行动一时不知道该追哪只，终于锁定目标追过去的时候，却被驯养员紧急放下的闸门挡住了去路，野蛮地撞了几下，发现闸门十分坚固，便又无计可施，回到了表演池中央。

琪琪和莎莎则开启了背包上的助力装置，速度快得让鲨鱼直晃脑袋。同时，琪琪和莎莎还使出了海豚的必杀技，发出超声波尖叫声，把鲨鱼弄得晕头转向。

鲨鱼发现伤害不了海豚，便把目光投向了小岛上的四个人，它径直游向小岛，快到岸边的时候忽然跃出水面，张着血盆大口冲上了小岛。沈新他们被吓了一跳，踉跄着往后退，险些滑倒，还好这次没有受伤。但是鲨鱼没有放弃，一扭身回到池中，又从小岛的另一个方向攻击过来，这次离女驯养员只有不到半米，而且几个人已经退到小岛另一边的边缘，几乎无路可退了。如果下次鲨鱼跳得更远，弄不好就会伤到人，或者让他们落入水中，那就太危险了。

这时观众席上的观众们并没有袖手旁观，都在纷纷想办法，有几位渔民出去拿来了渔枪和渔叉，还有一些驱鲨器，来到池边想加入战斗。但是表演池太大，鲨鱼的位置超出了渔枪和渔叉的射程，而且池里还有两只海豚，渔民也怕误伤它们，只得在池边干着急没法下手。

鲨鱼做好准备想再一次冲上小岛，这时场外响起了警笛声，分局的巡逻船到了，但是船太大没法开进表演池。分局长通过扬声器告诉唐怡，让她想办法把鲨鱼引到大海里进行抓捕。

唐怡和沈新马上给两只海豚下达了命令，让它们假装攻击鲨鱼并把鲨鱼引出表演水池，琪琪快速地游向鲨鱼，用牙齿咬它的胸鳍，莎莎从背后进攻咬住了鲨鱼的尾鳍。牛鲨虽然非常强壮，但是灵活性不好，粗胖的身体扭来扭去却无法摆脱两只海豚的进攻，气急败坏地乱扭乱咬。海豚见已经激怒了鲨鱼，于是改变了战术，假装想逃走的样子，鲨鱼果然中计追了上去，离开了马戏团的表演池。

唐怡和沈新赶忙找到摩托艇也追了上去，现场有些捕鱼高手也骑上停在场外的摩托艇一起加入了猎捕团队。就这样在辽阔的海面上，一条巨型鲨鱼气急败坏地追着两只警用海豚，后面跟着几十只马戏团的散养海豚，一边尖叫一边群殴骚扰鲨鱼，防止它逃跑或者潜入深海之中。人类也不甘示弱，在分局巡逻艇的带领下，几十艘全副武装的渔业摩托艇也排成了扇形队列，一副志在必得的架势。

“参与追捕的市民朋友们请注意，”分局长通过扬声器和渔民们沟通，“虽然鲨鱼不在禁猎名单上，但是出于维护生态平衡的目的，这次追捕任务请务必不要使用杀伤武器，要确保活捉这条鲨鱼！”

渔民们纷纷鸣笛表示收到命令，有些人开始换装麻醉渔枪，分局的巡逻船上也架设了大口径的麻醉枪，准备活捉这个大闹马戏团的怪兽。

从马戏团出来之后，鲨鱼一直追着琪琪和莎莎，现在已经追出了好几千米，不知道是鲨鱼有些疲惫了，还是因为它的记忆力比较差，忘记了刚才被“痛扁”的经历，停了下来，在海里游了几圈忽然向一个方向径自游去。马戏团的海豚群一直跟在后边继续骚扰它，而琪琪和莎莎过了好一会儿才发现身后的鲨鱼不见了，赶忙转身跃出水面寻着大队人马的方向，追了上来。

鲨鱼朝着渔业区之外游去，再游不远就会进入国际航道，那里来来往往的远洋船舶非常密集，而且是国际海域，在那里追捕鲨鱼的话很可能会影响航运安全。心急如焚的警察和渔民们都了解这个情况，于是想尽快逮住这个海底怪兽。有人尝试着发射了几次麻醉枪，但是今天的海况并不是特别好，浪高有一米多，从摩托艇上开枪命中的几率不高，而且还要防止伤到海豚，大家也不敢多开枪。

唐怡和马戏团的驯养员通过语言翻译机给海豚下达了命令，让它们和鲨鱼保持距离，海豚们分成几个小队远远跟在鲨鱼的后边和旁边。分局的巡逻船抵近了鲨鱼，毕竟巡逻船的吨位比较大一些，抗风浪的能力比摩托艇强很多，船上还有专业的狙击手。

只听“砰”的一声，特警小哥开枪了，一发红色的麻醉渔镖射向鲨鱼，两秒钟后精准命中，鲨鱼在水里抽搐了一下，渔镖里的麻醉药开始注入它的身体，不过这头看上去足有几吨重的鲨鱼，显然不是一发麻醉剂就能搞定的，鲨鱼的动作虽然显得有些迟缓了，但是还是以很快的速度向前方游动。

国际航道越来越近了，已经可以在海面上看到很多各式船舶，有十几层楼高堆满层层货运集装箱的巨型货轮，也有三四个足球场面积大、高达几十万吨排水量的巨无霸油轮，还有载满游客的豪华游轮，以及一些奇形怪状的渔船、工作船、石油船……当然也少不了装备先进的军舰。

在鲨鱼的前面就出现了一艘样子有些怪异的船舶。这艘船挂着方便国旗，白色的上层建筑，蓝色的船身，水下部分则漆成红色，这艘船保养得很好，油漆光鲜亮丽，甲板上也是一尘不染。船的后甲板上安装了一些起重设备，还有一艘看上去很先进的民用潜水艇，给人的感觉这是一艘勘探工作船或是科考船。

鲨鱼的行动有些诡异，按说遇到巨型船舶堵住去路的时候，鱼类都会绕道而行，可是这条鲨鱼却径直冲向了那条勘探船，快接近船舷的时候，鲨鱼忽然潜入深水仿佛要从水下穿越过去。

大队人马赶忙调整方向避免撞上科考船。等他们来到船舷另一侧再次集结的时候，却发现鲨鱼不见了。海豚们分散行动向各个方向搜索，也有的潜入深水区寻找，但是十分钟之后所有的海豚都回来了，目标竟然神秘地消失了。

11 案情分析会

一周之后，110-5渔业区分局终于忙完了十一长假的安全保障工作，有时间开个总结会了。

“这次国庆长假咱们分局的工作完成得比较出色，没有出现任何重大的治安问题，大家辛苦了！上级已经给咱们提出了口头表扬，这是对咱们这一段时间工作的充分肯定！”

挤在会议室里的海警们鼓起掌来。

“但是呢，这次的黄金周还是出了一些小岔子，其中马戏团表演中出现鲨鱼这件事情影响比较大，虽然野生动物闯入海上城市不属于责任事故，但是为了保证渔业区的居民安全，这件事情还是有必要详细调查一下。”

“这件事的确有点蹊跷，”于队长接过分局长的话茬，“首先是这么大的鲨鱼在咱们这片海域以前从来没有出现过，而且这个品种的鲨鱼也不可能长得这么大。其次，一般的鲨鱼很少在海洋城市周围活动，这里既没有食物又充满噪声，不是它们喜欢的环境。最重要的一点，就是这条鲨鱼在大家眼皮底下神秘消失，这也太奇怪了！出于警察的职业本能，大家都想把这件事情调查个水落石出，不然真是连觉都睡不香了。”

“于队长说得很对！”分局长接着说，“所以这几天百忙之中咱们小唐还是加班加点对这件事情做了一些调查，下面让她给大家讲一讲吧。”

唐怡站了起来，打开会议室的立体投影仪，播放起她制作的汇报文件。

“追捕行动失败之后，由于大家还在忙黄金周的工作，我只能调集了有限的资源做了一些初步调查，有两个关键进展向大家汇报一下。

“第一点，是关于这条巨型鲨鱼的。我们虽然没有捕捉到这个怪兽，但是十分幸运，因为在海豚和鲨鱼搏斗的过程中，我们的警用海豚莎莎和三沙大学的工作海豚琪琪多次撕咬了巨型鲨鱼的身体，行动结束后，我们的法医和三沙大学的沈博士在海豚的牙齿缝隙中找到了一些属于鲨鱼的生物学证据。沈博士对这些样本进行了DNA分析，取得了一些进展，稍后我们请他为大家详细介绍一下。

“第二点，是我们从两只海豚背包里面的视觉影像找到的证据。当时，巨型鲨鱼消失在国际航道附近的一艘科考船之下，我们本来怀疑是鲨鱼忽然改变了行动方向，在混乱中逃离了现场，或是潜入了深海区从周边海草茂盛的区域逃跑了。但是回来之后我们对警用海豚莎莎背包里面的高清视频记录系统进行了证据提取，经过细致的视频侦查，我们发现了一个疑点。请大家看大屏幕，这艘科考船表面上和这个事件没有任何联系，又属于外籍船舶，我们当时没察觉任何疑点，也没有进行登船调查。但

巨型鲨鱼消失在国际航道附近的一艘科考船之下，我们本来怀疑是鲨鱼忽然改变了行动方向，在混乱中逃离了现场，或是潜入了深海区从周边海草茂盛的区域逃跑了。

是在这段视频中，我们发现这艘船的船底并不是完全密封的，而是有一个奇怪的水下闸门。在视频中这个闸门是关闭着的，而且几乎难以察觉，虽然作为科考船装备这种水下闸门并不奇怪，但是我们不能排除一种可能性，就是鲨鱼完全有可能通过这个闸门躲进了科考船内部！如果是这样的话，那这就不是一个简单事件了，为什么一艘科考船要放出一只转基因的海洋怪兽去袭击我们的海上城市呢？各位领导、各位同事，这是我们初步的调查结果，我个人认为这件事情并不简单，申请领导批准我们做进一步的调查。”

说完，唐怡敬了个礼坐下了。

“我基本同意小唐的说法，”分局长边说边和于队长交换了一下眼神，于队长也频频点头表示同意，“那我们就请沈博士过来给大家传达一下他们的研究结果吧。”

门口的警察去旁边休息室请来了沈新。沈新挤进会议室来到桌边开始汇报。“大家好，我是三沙大学的沈新，其实大家都知道哈……”

“知道知道！你是小唐的男朋友！”有几个年轻

的警察这几天早和沈新混熟了，在下面起哄，引得大家哄堂大笑，弄得沈新和唐怡有点脸红。

“还不是，还不是……”沈新笨拙的回答不但暴露了自己的小心思，还让大家笑得更厉害，连本来还在保持严肃的分局长也憋不住笑出了声。

“我在咱们渔业区的实验室对样本进行了分析，”大家笑够了之后沈新才进入正题，“得出的结论非常奇怪，正如大家所见，这条鲨鱼的确是属于牛鲨，目前还不能确定它是咱们南海附近的品种还是来自其他地区的，因为牛鲨在世界很多海洋区域都有分布，又不属于经济鱼类，所以目前的基因资料并不十分充分。但是我和三沙大学的几位专家通话讨论之后，确定这种鲨鱼在自然界中一般只能长到三四米长，绝不可能像这条鲨鱼一样将近十米长。最终我详细分析了这条鲨鱼的遗传基因信息，发现它很可能是被联合国明令禁止的人造转基因动物，有人通过在天然牛鲨的基因中加入人类设计的片段，人为制造了这种可怕的海洋巨兽。不过，以目前我们的科技水平，想要成功设计或者改良一个生物物种，还是非常困难的，绝不是一两个人能够实现的，需要雄厚的资金、技术、实力以及庞大的技术团队，还需要很长的时间进行试验。到底是什么人能够设计出这种人造鲨鱼呢？我觉得这后面一定隐藏着巨大的秘密。恳请分局领导能够将这件事向三沙市甚至省里做详细的汇报，请他们给予足够的重视和支持。”

分局长沉思了一会儿，又和政委以及几位大队长小声交换了一下意见，做出了决定。

“我们研究决定，咱们分局要高度重视这个案子，把它作为大案要案来处理，由于大队长任专案组组长，小唐任副组长，所有干警都要随时无条件配合！散会!”

散会之后，唐怡对沈新爱搭不理的。沈博士知道自己刚才可能说错话了，安静地坐在唐怡办公室的角落里，一副委屈的样子。

“你怎么还不走呢?”直到快下班的时候，唐怡才好像忽然想起他来，但语气里明显还带着怨气。

“我，我，我想等你下班一起走。刚才收到了唐叔叔发来的消息，他请我去家里吃饭，我想蹭你的快艇，省得骑摩托艇又要弄一身水。”

“请客吃饭？老头子哪根筋搭错了吗？像他那么抠的人，十几年也不会请一次客呀……”

沈新怕她不信，第一时间把手机递了过去。唐怡瞄了一眼，把手机丢回给他，一转身离开了办公室。过了一分钟，她发现沈新还傻呆呆地坐着，只得折返回来跟他说：“走啊，你不是想蹭快艇吗？”沈新立马屁颠儿屁颠儿地跟了上来。

12 马鲛鱼大宴

唐怡还真是了解他老爸，唐爸爸这次请客真的是一分钱没花，请的人还挺多，周围的邻居，唐小胖的同学们，还有几个经常一起玩牌的损友。

沈新他们来到唐家大别墅的时候，唐爸爸正在手舞足蹈地讲故事。

“那天，我不是在马戏团外边儿等这几个小兔崽子看马戏吗，票挺贵的我也不爱看，就开着快艇在周围兜风，谁知道天上掉下了馅饼，我开着开着，看见马戏团的水池里面忽然游出来一大群马鲛鱼，个头还挺大，都是上等货色。我的快艇里面正好带着渔网，几网打下去，打上来1000多斤的马鲛鱼，直接拉到超市就卖了个好价钱，这不还挑了100来斤最好的请你们一起来品尝！每条都有七八十公分长！这么好的马鲛鱼有几年没看到了！”

前来参加宴会的朋友们，也带来了各种美食，有他们自家海上农场里种出的新鲜蔬菜和水果、各种海鲜，还有他们从陆地上的老家带来的各种作料。

来宾当中会做饭的主妇和煮夫们还现场切磋烹饪技艺，红烧马鲛鱼、清蒸马鲛鱼、马鲛鱼饺子……每一道菜都是香气四溢，让人食欲大振。

不过今天的主菜还是三沙市最流行的香煎马鲛鱼：把马鲛鱼收拾干净，切成手掌厚的大片，用盐腌上一会儿，然后直接放在油锅里煎。不一会儿，特殊的鱼香味儿就蔓延开来，把鱼片翻过来再煎一会儿，这道原汁原味的南海美食就做好了。虽然做法很简单也很快捷，但架不住今天的来宾太多，每锅香煎马鲛鱼刚一出锅上桌，就会被“秒杀”个精光。

孩子们更是主力，每人抢了好几片，放在自己的碟子里蘸上自己喜欢的酱料，香橙酱、番茄酱、辣酱，还有最受欢迎的金橘酱，狼吞虎咽地大快朵颐起来。

渔民邻居们也被孩子们的气势感染了，不遑多让吃起了抢来的食物。只有文绉绉的沈博士抹不开面子，好不容易抢到一块鱼尾巴，刚要像吃西餐那样斯文地开始用餐，盘子里的鱼块就被唐怡一筷子抢走了，只剩下一点点番茄酱。在这样的用餐环境下，100斤马鲛鱼根本不够吃，几轮下来依旧是盘里空空。大家都吃得酣畅淋漓，撑得肚子再也装不下去一个米粒儿。

只有可怜的沈新连个半饱都没混上，唐爸爸还一边打着饱嗝一边过来问他："小沈，今天的大餐不错吧？"沈新只能尴尬地点点头。

旁边的唐怡笑得前仰后合，勾勾手指示意沈新跟着她来到了后面的厨房。原来唐妈妈早有预料，怕这个未来的女婿吃不饱，特意给他留了一大盘香煎马鲛鱼。沈新不知是被感动还是被饿的，都快热泪盈眶了。

酒足饭饱之后，南海的傍晚悄悄地降临了，西边的天空燃起了火烧云，而东边的天空已经变成了深紫色，不少明亮的星星也开始闪烁了。邻居们谢过唐爸爸之后，逐一告辞，留下几个孩子继续玩耍。孩子们缠着他们的沈老师，问起了那天围捕鲨鱼的事情。

“沈老师，你说那天的鲨鱼是不是大白鲨呢?”

“什么大白鲨，那明明是史前的巨齿鲨，足有二三十米长吧！我看最厉害的杀人鲸都不是它的对手!”唐小胖编造谣言的能力真是无人能敌!

“哪有二三十米啊！那条鲨鱼也就七八米，而且我认识那个鲨鱼的鼻子，长得特别像猪鼻子，按说是一条牛鲨，可是体积又对不上……”赵晓波立刻就把唐小胖的谬论怼了回去。

沈新怕孩子们一会儿争论起来，赶忙给他们讲了自己最近几天的研究成果。孩子们听说这是一个非法的人造转基因生物，更有兴趣了，又开始展开想象，要通过推理找出背后的阴谋家。唐怡帮助妈妈和爸爸完成了清理聚餐战场的任务之后，也来到孩子们的旁边加入了聊天。

酒足饭饱之后，南海的傍晚悄悄地降临了，西边的天空燃起了火烧云，而东边的天空已经变成了深紫色，不少明亮的星星也开始闪烁了。

“唐怡姐姐，沈老师说你是专案组的副组长，我们几个报名参加专案组，做你的线人好不好？”

“线人？这不是间谍案，也不是涉黑案件，不需要卧底啊，难道把你们派去隐藏在鲨鱼群里吗？”

“就是，你们几个小屁孩儿不给我姐姐捣乱就不错了，破案这种事还是要相信警察、相信政府……相信老师！”有时唐小胖的嘴还挺甜，忘不了巴结老师一下。

“对了，你们还记得慕教授吗？”唐怡好像忽然想起了什么。

“慕教授？那位三沙市著名的人工智能学专家？”

“是呀，上个月琪琪不是帮慕教授找到了失窃的硬盘吗？当时教授没在国内，前几天刚回来，想要见见咱们，估计是感谢一下吧，我也顺便再详细了解一下案情。”

“那太棒了！教授那里可是有国家重点研究室！有机会去参观一下，三生有幸呀！”

孩子们听了，都兴奋起来，从草地上蹦起来，眼巴巴地对着沈老师卖起萌来。

“沈老师，带我们去吧！”

“我们保证乖乖的……”

“人工智能实验室是不是有好多大机器人呀？太想去了！”

只有小胖还懒洋洋地倚在一块奇石上，说风凉话：“这事沈老师可做不了主，还不是我姐垂帘听政？她那种官僚作风能带咱们去的话，我宁愿一天不吃饭！”

“可以带你们去。”唐怡淡淡地说了一句。孩子们都欢呼起来，“唐晓鹏，为了你的同学们，明天饿一天吧。”

小胖不知该高兴还是该郁闷，赶紧把周围几包吃剩下的零食收集起来，跑回他房间去了。沈老师和孩子们被这对相爱相杀的姐弟逗坏了，笑得前仰后合。

13 慕教授

几天之后的一个早上，孩子们如约来到唐小胖家会合。唐怡驾驶着她的飞翼快艇，向慕教授的实验室开去。

实验室坐落在渔业区东部的一座小岛上，是这里为数不多的几座珊瑚岛之一。很多年前，海上建筑技术还不是非常完善的时候，三沙市的建设主要就是依托这些珊瑚岛，先通过巨型吸沙船进行填岛作业，建造出可用于承载建筑物的大片土地，然后再发挥基建狂魔的强大实力，建设起一座一座的海上城市。

所以这些珊瑚岛大多成为如今三沙市各个渔业区的中心镇或者是商业区，而一些面积较小的岛屿，也优先成了科研基地和教育基地。

三沙市人工智能研究所就坐落在110-5渔业区，已经有三十多年历史了，是享誉世界的量子计算和人工智能中心。小岛的面积只有0.01平方千米，几座实验楼错落有致地坐落在真正的陆地上，而配套建筑和海上花园则采用了海上建筑技术，从小岛一直延伸到了海面上。这些浮动建筑上配备了能源供给系统、海水淡化系统，还包括研究人员的住所以及各种各样的商业和娱乐设施。当然，为了美化环境，海上还有很大面积的花园，种满了郁郁葱葱的热带植物，棕榈树、椰子树在海风的吹拂下婆娑摇曳，让这个研究所充满了南国情趣。

唐怡将飞翼快艇稳稳地停进了码头，一行人穿过海上花园来到了研究所的核心建筑区。一位美女已经等在研究所大门外，看见他们到了赶忙迎了上来。

“你们好！我是慕教授的助理，叫我小吴就行。”沈新和唐怡迎上去和她握手，也都做了自我介绍，还介绍了这几位小朋友是自己的学生，在上次寻找硬盘的时候也出过力。

“非常欢迎啊！咱们的研究所也是三沙市有名的科普教育基地呢，随时都欢迎同学们过来做客。”

孩子们一直悬着的心终于放下了。跟着老师在传达室里乖乖地做了登记，走进了这个传说中的神秘科学殿堂。

研究所的接待区在中心实验楼一楼的大厅，里面果然有很多漂亮的机器人。两位和真人几乎一模一样的接待机器人主动上前给孩子们当起了导游。

“咱们三沙市最早的机器人就是这个鱼形人工智能机器人，当时研究所刚刚成立，专家们最主要的任务就是开发各种可以帮助人们从事海洋生产的实用型机器人。

“后来咱们研究所的实力不断增强，同时三沙市也开始了建设高潮，研究方向开始转向大型高智能工业机器人，包括可以每周自行连续7×24小时工作的海上建筑机器人，它们可以在不需要人类管理的情况下只用一两周的时间就建设好一座海上农场，建起漂亮的海上别墅，以及可以随时开始耕种的海上农田，还有设施齐备的水下养殖场。通过多年的努力，咱们的研究所已经成为世界上享有较高知名度的先进研究机构。

“近些年来，咱们的三沙市已经成为世界上最先进的海上城市了，我们的研究方向也有所转变，想让人工智能为市民带来更好的文化娱乐服务。请大家坐在休闲区的沙发上来体验一下我们的最新研究成果吧。”

所有人听从机器人向导的安排坐好之后，原本在各自展位里的机器人纷纷行动起来，先是一个三米多高的叉车机器人玩了个“反差萌”，用它的大铁叉子轻盈地为每个人送上了一杯饮料，孩子们生怕被叉子碰到，接过饮料的时候一个个身子都使劲往后靠。叉车机器人转动履带“哗啦哗啦”地离开之后，一些可爱的宠物机器人来到了休闲区，几只栩栩如生的小猫小狗机器人，无论是体型还是皮毛以及动作都和真的宠物一模一样，就连萌萌的眼神和叫声也是百分之百地还原了原型，要不是它们几个动作整齐划一地表演了一个卖萌广播体操，真的是谁也看不出它们到底是机器人还是“喵星人”“汪星人”。之后出来的这兔那兔、皮卡丘、小火龙之类的，虽然一看就知道是机器人，但是它们萌萌的样子也好像有了生命，就连平常一副女强人样子的唐怡也禁不住把一只皮卡丘抱在怀里玩了老半天，都不舍得放手。

然后，几只模拟海洋生物的袖珍仿生机器人像气球一样飘了过来，有大白鲨，有宽吻海豚，还有杀人鲸，它们就像是在大海里自由地遨游，又好像是虚拟的立体影像，但是孩子们伸手去摸的时候，却发现那的确是几个充气机器人。

“这只海豚长得真像琪琪呀！”眼尖的孩子们观察得很仔细，这只海豚身上的花纹的确和琪琪非常相像。沈新把它抱过来反复观察，点了点头：“它肯定是琪琪的孪生兄弟，就是个头小了点。”

有的孩子实在受不了这些可爱机器人的诱惑，缠着吴助理要这些机器人的网购地址。唐怡手叉着腰教训他们：“你们这些小屁孩儿，就知道乱花钱，

然后，几只模拟海洋生物的袖珍仿生机器人像气球一样飘了过来，有大白鲨，有宽吻海豚，还有杀人鲸，它们就像是在大海里自由地遨游，又好像是虚拟的立体影像，但是孩子们伸手去摸的时候，却发现那的确是几个充气机器人。

知道这些机器人有多贵吗？你们十年的零花钱也不够买半个的！别做白日梦了，快去教授那边好好学习一下科学知识吧！”

“其实，其实……”吴助理欲言又止，“其实咱们的机器人宠物并不贵，只是现在还没有正式上市，还在做安全性测试，也许明年就能够在商店里买到了。”

“真的呀？”这回最积极的不是孩子们，反而是唐怡，“太好了，我赶紧预订一只皮卡丘！这可是小时候的梦想。”唐小胖一边摇摇头表示有这么丢脸的姐姐挺挠头的，一边又捅了捅沈老师：“沈老师，看来你要破费了，明年我姐姐的新年、春节、情人节、生日、光棍节的礼物估计都是这个了。”

“唐怡要那么多只皮卡丘干什么？”

“NO！NO！NO！我姐可不是只喜欢皮卡丘啊，她喜欢的是全套宝可梦！”

“全套啊……那看来我真的要开始存钱了……”

“哎，不可救药，真是被恶婆娘迷住了！”唐小胖摇着头跟上大部队上楼去参观了。

慕教授一看就是位科学家，穿着一套半新不旧的休闲西服，快洗白了的天蓝色衬衣再配上松松垮垮的裤子，忽略年龄的话活像哪所大学里的学生。沈新他们来到教授的工作室的时候，教授还在一台老式液晶显示器前“噼里啪啦”地敲着键盘，一行行的代码随之出现在屏幕上。大家等了一会儿，谁也不敢打扰教授的工作，直到他终于用力地敲了一下回车，实验室中心的三维虚拟投影仪上出现了一组不断变换的曲线图，教授才回到了现实世界，看到了今天的来宾。

“沈博士和唐警官吗？太抱歉了，我刚才忽然有了点灵感，工作狂的毛病又犯了，让你们几位久等了。咦？这几位小朋友是怎么进来的呀？”

“您好慕教授，他们几个是我的学生，上次寻找硬盘的时候都是我的小帮手，久仰您的大名非要吵着跟来……”

“哦，那我可要好好感谢你们。吴助理，一会儿给每一位小朋友带一个我们的电子宠物走吧，他们肯定会喜欢的。”

孩子们都惊呆了，幸福来得太突然，每个人都原地蹦起来，足有一米高！

唐小胖看见姐姐张了张嘴，但是终于没好意思说什么，估计是为了保持警察的良好形象，不能要群众的一针一线，当然就更不能找教授要礼物了。看来可怜的沈老师是一分钱也省不下啰。

“这个硬盘对我来说太重要了，是我去年参加云上星球项目好不容易才获得的实验结果。如果它丢了的话，我就整整浪费了一年的宝贵时间呀!”

“云上星球?”沈新咕哝了一句，“您说的是目前科学界最关注的那个虚拟仿真项目吗?”

“没错，我从几年前开始有幸参与了那个项目，那是一个我们国家主导的科研项目，研究一个建立在云技术上的模拟世界。这是一个完整意义上的模拟世界，我们所虚拟的星球在地貌特征上完全仿真地球，所以也被称为第二地球或者是新地球。这个星球的地理面貌与真实地球相似，行政区划根据每个区域所在的不同服务器进行划分，比如我们的三沙市就设置了服务器，在云上星球里面就会有一个云上三沙。

“云上星球目前有3723台量子超算器作为服务器，负责承担时时演变和进化的计算。每一台服务器都拥有庞大的数据处理能力，并且可以不断学习、演化，让自身变得更加紧凑、高效，甚至能够实现自身硬件系统的优化，它们之间互相分工合作、井井有条，向着共同的目标层层递进。项目实施十多年了，已经产生了海量的数据，其中很多知识远远超过人类之前的认知水平。

“云上星球虽然是一个虚拟世界，但是这里的一切都是基于真实世界重构的，遵循全部已知的物理定律，完全可以将其视为一个真实的星球，并且在这个世界里任何未授权而试图破坏真实性的行为都将立刻受到惩罚。云上星球是允许个人对未知领域进行探索的，但是每个参与者需要为自身的行为和可能遭遇的危险负全部责任。另外，在云上星球中我们必须遵守人类文明的法律和道德标准，任何违法行为也和现实中一样将要遭受惩罚。”

“这太厉害了！”沈新作为一名科技工作者不由自主地兴奋了起来，“只要是出于良好的愿望，我们可以在这个虚拟星球里完成很多在现实世界中无法完成的研究。”

“没错，而且云上星球的计算能力还在不断提升，建成之初那里的时间和外边的时间是同步流逝的，但是现在，量子计算机完成了自身的进化式设计，云上的时间可以比现实的时间加快1000倍以上，有的局部实验区甚至可以做到加速1000万倍。这对于科技工作者来说简直就是天堂！”

“你们说的是中国话吗？”唐小胖听得云里雾里，看来完全没有搞清楚状况。

“怎么说呢，”沈新的责任感还是很强的，必须对自己的学生有问必答，“简单来说，就是咱们的科学家设计了一个特别厉害的网络游戏，在这个游戏里制作了一个和地球一模一样的克隆地球，有山有水有河流，还有各种动植物。然后呢，购买了VIP资格的科学家们就可以进入这个虚拟的地球，在里边进行各种各样的实验，而且你在里面待了1000年，回到真实世界之后会发现其实只过了一年！”

“那不成了王母娘娘家了吗？天上方一日地上已千年？”孩子们七嘴八舌地乱问起来。

“那当然了，这个云上星球对于科学工作者来说就和仙界一样！”

“那在这个云上地球里，也有一个和我们自己一样的小朋友吗？”

“这个倒是没有，”慕教授摇了摇头，“云上星球目前的规定是禁止模拟人类，因为一旦模拟人类的思维，有很多科学家害怕人工智能会受到人类很多坏毛病的影响，变成和人类敌对的新人类。所以，在云上星球里并没有另一个你们自己。”

“那多没有意思啊！那么大的星球没有人住白白浪费了好多地方！而且感觉好吓人啊，我自己待在一个屋子里都觉得不自在，要是谁掉进了这个云上星球，整个星球上都没有人，还不得吓尿裤子！”

慕教授哈哈地笑了起来：“看来你们还挺团结的。我小的时候可是就喜欢一个人独处，全银河系只有我才好呢，能够在不受打扰的情况下编出好多有用的程序呢。不过呢，云上星球可没有你们想象的那么安静，很多科学家都已经长期入住在这个虚拟星球上，那里还是很热闹的。而且最近云上星球开始向普通公众开放，只要通过授权的虚拟现实设备，大家都可以到云上星球去短期做客，所以现在那里的旅行团也不少，很多名胜景点也是天天人满为患的。”

“云上星球已经开放了吗？”沈新这几年一直忙着海豚训练的事情，没有关注云上星球的消息。

“是的，有几个月了吧。很多大城市还专门开设了云上星球旅行团，在商业区建了很多体验店，让公众有机会去云上星球参观。但是公众游客的权限比较低，不可以对云上星球做出重大改变。”

“哎，太可惜了，咱们渔业区好像还没有体验店……”

“那怕什么！咱们研究所的虚拟接入设备可比体验店强太多了，你们要想去玩一玩，小吴马上就能安排的。”

“那会不会影响您工作呀？”沈新明明心里乐得开了花，嘴里还在假客气。

慕教授爽朗地笑了笑：“走！我亲自给你们当导游！”

14 初登云上星球

研究所的云上星球接入中心在附近的另一座大楼里，占了整整一层，足有500平方米。接入中心里有近百个短期接入舱，这是供短期参观者使用的，在一个舒适的蛋形舱里安装了全感官虚拟现实设备，参观者在里面待上几个小时还是十分舒适的。另外接入中心还有十几个长期接入舱，那是一些全封闭的舱室，使用者会被浸泡在保护液之中，由机器提供食物、水和空气，这样的话，他们可以完全沉浸在虚拟空间中几个星期甚至几个月。

孩子们使用的当然是短期接入舱，慕教授为大家申请了一个小时的云上星球准入资格。在工作人员的帮助下，大家坐在接入舱里带好虚拟现实设备，系统启动后，他们就来到了虚拟中的云上星球。

“咦？这还是研究所呀，虚拟游戏和外面一模一样多无聊呀!”唐小胖一上来就发牢骚。

“哈哈，都怨我太喜欢工作了，习惯性地每次都从云上星球里的研究所进入。”

“慕教授太爱工作了，有时候刚进入虚拟世界就又投入工作，等到了该出来的时候竟然还没离开办公桌。”吴助理揭了教授的短。

“是呀，这个错误我犯过好几回了。不过呢，云上星球有个好处，科学家发现在这样的虚拟环境下，通过一些装置，可以提升人类大脑的效率，使用长期接入舱的话，也能把人类大脑的运转速度轻松提高1000倍。所以我在云上星球里待上一天，工作成果有时候相当于在外边的一两年。”

“那我们的脑袋不会爆炸吗？”

“不会的，有特别的装置保护我们的大脑，还要经过一段时间的特别训练。当然在短期舱里是做不到这么大提升的，即便这样，我们这次一个小时的旅程，在云上星球里也是好几天的时间呢。”

“好几天？我要是好几天不回家，我爸会把我屁股打开花的，这可怎么办呢？”唐小胖又犯起了糊涂。

“傻呀，在这里是好几天，回到外边只过了一个小时，你爸爸中午那顿酒还没醒呢！”赵晓波赶紧教训了一下他。

慕教授给孩子们安排了一架水陆两用的超音速豪华商务客机，这种飞机在现实中即便是慕教授这样的大教授也养不起，但是在云上星球中，每个人都能申请一架这样的飞机，既不会破坏云上星球的规则，又能减少人们在旅途中浪费的时间。

在孩子们的要求下，飞机沿着太平洋沿岸飞行，孩子们参观了很多著名的景区，不过也有些遗憾，很多大城市里非常安静，只有零零落落的几个游客，感觉就像进了一座鬼城。虽然商店里的玩具和好吃的都可以随便取用，但是毕竟不能带出虚拟世界，而且也没有和当地人的交流，少了很多平常旅游中的乐趣。玩了两天孩子们就有些厌倦了，慕教授说这个世界主要还是为科研人员建造的，只有那些带着实验任务进来的科学家们在这里才会有如鱼得水的感觉。所以后几天的行程他要带大家去几个朋友的研究中心看看，也许更有意思些。

第一天去的是一家宇航科技研究中心，科学家们利用虚拟环境设计实验了很多先进的新型运载火箭，有的型号奇形怪状，但有的型号孩子们非常熟悉，那是现实世界中我们国家“长征”系列火箭最新的成员，正准备去完成探索木星的载人航天任务。在虚拟世界中的另一个好处，就是危险可控，孩子们可以尽情地参观运载火箭的任何部分，可以亲手接触，甚至按一按发射按钮，而不会出现爆炸、有毒气体泄漏之类的安全事故。而那些需要保密的细节都被直接替换成了乐高积木，防止参观者中那些居心不良的坏人盗窃技术。

第二天，慕教授带孩子们去了一家合作企业的机器人竞技场。在云上星球中，有的技术并不是靠技术人员设计出来的，而是借鉴了生物进化的方式，让不同的技术方案通过“你死我活”的比拼达到优胜劣汰的目的，实现技术上的进步。机器人竞技场就是最典型的仿生设计模式，不同设计的机器人通过比武的方式不断随机修改设计细节，在竞争中保留那些有用的细节，经过几代几十代的进化，找出接近完美的最佳方案。这些方案会被带到现实中，制造出来机器人供人类使用。

最后一天，孩子们要求看看慕教授的科研成果，于是超音速喷气飞机连夜开回了虚拟世界中的三沙市人工智能研究所。

“其实呢，我在云上星球里有点不务正业。”慕教授没有带孩子们去实验楼，而是换乘一艘快艇，前往小岛不远处的一片海上建筑，“在现实中，我研究的是人工智能，但在这里，我发现自己有很多的时间，可以去研究我从小就喜欢的生物学。所以，一会儿我会给大家介绍一位大朋友，你们一定会很吃惊的。”

慕教授吹响了脖子上挂着的船哨，过了一会儿，快艇左侧的水面上慢慢升起了一道波纹，忽然之间一条巨大的海洋动物破水而出，跃出水面数米

慕教授吹响了脖子上挂着的船哨，过了一会儿，快艇左侧水面上慢慢升起了一道波纹，忽然之间一条巨大的海洋动物破水而出，跃出水面数米高，又一个翻身重重地砸向海面，掀起的波浪让快艇也剧烈地摆动起来。

高，又一个翻身重重地砸向海面，掀起的波浪让快艇也剧烈地摆动起来。

那是一条身长足有20米的鲸鱼，黑白相间的身体非常光滑，圆圆的头上微微地能够看出一个短短的吻部，长满了尖牙的大嘴是最明显的特征。虽然是一张血盆大口，但是总是带着微笑，再加上肥嘟嘟的粉嫩舌头，一点儿也不吓人，反而十分呆萌可爱。毫无疑问这是一头虎鲸，但奇怪的是它的体积远远超过现实世界中的同类，看上去足有20米长。要知道虎鲸本来就已经是大海中的顶级猎食者，连有史以来地球上最大的生物蓝鲸都只能是它们的食物，现在它的体积又大上了几倍，真不知道它的战斗力要如何爆表了。

“我从小就喜欢海洋生物，常常被《哥斯拉》《金刚》之类的电影迷住，所以我就研究起人工智能和机器人，想制造出能够和这些怪兽媲美的仿真海洋生物。我们研究所做到了这些事情，但是我总觉得不够完美，得知云上星球项目之后，我就加入了，想在这个虚拟的世界中制造出更真实的海洋巨兽。”

“在虚拟世界中只要编一下程序，就能够实现这个梦想吧？”赵晓波有点不屑一顾。

“可没有这么简单，云上星球最重要的规则之一就是这里的物理法则必须和真实世界完全一样。所以不是简单地输入几行代码就能让虎鲸变大的！”

“您是重新设计了虎鲸的DNA，通过虚拟世界中的模拟让它们进化成了现在的大小吧？”沈老师毕竟是研究生物学的，给出的答案一语中的。

“是的，”慕教授点点头，“我这几年借助最新的量子计算机，以及分子生物学的最新进展，不断改良虎鲸的基因，既要让它们的身体变大，又不能减弱它们的灵活性，更不能牺牲它们的健康和寿命，经过了无数尝试终于找到了这种巨形虎鲸的基因代码。”

“那这有什么实际意义吗？”赵晓波又在刨根问底了。

“嗯，一开始的确只是我的个人爱好，但在这个过程中我找到了很多有关遗传基因的操作方法，这些方法未来可能会帮助像沈老师他们这样的生物学家去设计出很多新种类的农作物和经济生物。”

“等一下，”沈新好像忽然想起了什么，“慕教授，我有两个问题很重要，请您务必如实回答我。第一个，在云上星球设计出来的新生物，能不能出现在现实世界中？”

“据我所知是可以的，有一些研究团队就将云上星球中通过测试的新品种生物，成功地在现实世界中运用分子生物学技术再现出来，并且取得了很好的经济效益和社会效益。”

“那您的虎鲸，也完全有可能变成真实的生物？”

“是的，我想是这样的。”

“我的第二个问题，那您是否还研究过其他的海洋生物，比如鲨鱼？”

“有过呀。我一开始实验的时候，害怕虎鲸的基因太过于复杂，还曾经使用过鲨鱼作为研究对象，最成功的是牛鲨，体积扩大了两倍之后它们仍然十分凶猛……”

“牛鲨！”沈新、唐怡还有孩子们几乎同时叫了出来，这和国庆节的鲨鱼袭击事件有没有什么联系？

“那您是否曾经把巨形鲨鱼复制到现实世界当中？”唐怡问道。

“我并没有这样做，但是……”

“但是？”

“但是我听科学界的朋友们说过，有国外公司盗窃过这个技术，出于商业目的还生产了几条巨形鲨鱼。可是我自己并没有看到，所以也没法追究。”

“……这样说来，您不久前丢失的硬盘和这几项成果有没有什么关系？”

“当然有啦！硬盘里放的就是巨形虎鲸的大部分DNA数据！……你们为什么忽然问起这些事情呢？这里有什么故事吗？”

沈新和唐怡把国庆节发生的鲨鱼事件详细地讲给教授听。教授也觉得事关重大，如果有人利用这些数据去制造危险动物，可能会给人们带来麻烦，如果这些人造生物不小心逃到自然环境中不断繁殖起来，更有可能严重地破坏生态平衡。教授表示一定会全力配合警方的工作，尽快把这件事情查个水落石出，他自己也才会放心。

15 布下天网

第一次从云上星球回到现实世界，大家还是有些不适应，凭空多出了几天，回来后，外面的世界却只过去了一个小时，这让人感觉既真实又难以置信。

慕教授的礼物让孩子们一下子打起了精神，每个人都挑到了自己喜欢的电子宠物，只有唐小胖出了点问题，他明明喜欢的是一只仿真霸王龙，却被姐姐逼着换成了一个皮卡丘，但是胳膊拧不过大腿，只能勉强接受现实的小胖垂头丧气地告别了研究所的慕教授和吴助理。

往常去旅游，孩子们总是累得筋疲力尽，回来不睡上个三天三夜是决不罢休的。但是这次云上星球的旅行却没有疲惫感，到了唐小胖家，孩子们又活蹦乱跳地玩儿了起来，还给有些微醺的唐爸爸讲起了旅途中的故事。

“还有这么好的游戏啊，在里边玩上三四天，外面只过了一个小时。那我也要去看看了，我以前的梦想可是一个人划船环球航行，要不是认识了小怡、小胖他们的妈妈，我早就成大英雄了。”

“还英雄呢，顶多就是喂鲨鱼上头条!”唐妈妈给孩子们端来水果，顺便数落了一下唐爸爸。

“对了，说到鲨鱼，刚才你姐姐和沈老师急急忙忙去分局了，说鲨鱼事件有了重大发现要去汇报?”

“没错，我们发现了那个怪兽鲨鱼的来源，竟然是人工智能研究所的慕教授鼓捣出来的!”

“教授可真有本事，可是不应该研究鲨鱼呀，要是能研究出10米长的大马鲛鱼多好啊，我们逮到一条能吃上一个月……对了，这么说来上次那艘科考船也是智能中心的？难怪前两天老刘说是在那附近看到过这艘船……”

“不是呀，”山子从沙发里蹦了起来：“弄不好这条船就属于剽窃教授科研成果的那家公司！唐叔叔，你还有别的情报吗？我们要帮助唐怡姐姐去做个调查。”

“没有什么资料，再说那个老刘也不太靠谱。这样吧，要是有什么新发现我会告诉你们的，但是小孩子还是不要参与这么危险的事情，要相信警察、相信政府、相信我女儿！”

这似曾相识的口气，逗得孩子们哈哈大笑，都说小胖肯定不是捡来的。

唐怡回到分局立刻向分局长和于大队长汇报了最新掌握的情况。于大队长召集了紧急沟通会，汇总了大家最近收集到的资料。

“网络数据组有什么新情况吗？”

“报告队长，我们调查了那艘神秘的科考船，只知道它是欧洲某国制造的，同样级别的科考船共建造了十几艘，其中有五艘目前还不能确定船主的信息，我们正在继续调查。”

“这样排查效率太低，接下来要根据小唐他们发现的证据，查找一下和生物制造有关的企业，看看网络上有没有销售变异鲨鱼的信息，要注意查一下社交媒体。”

“另外，”于队长接着说，“国庆鲨鱼案件的动机也很重要，现在我们完全不了解犯罪分子为什么要把这条怪兽放到城市中来。是极端分子的恐怖袭击吗？还是有人要破坏我们三沙市的生产建设呢？或者只是一些人为了当网红开的无聊玩笑？如果能知道他们的目的，也许我们下一步的侦查工作会进行得更顺利，这个问题大家要多花些心思想一想。”

“于队长，明天我约了慕教授来咱们分局，他也许会提供更多的线索，您有时间接待吗？”

“当然，目前看来慕教授很可能是这个案件的一个关键，以我们对他的了解，他应该不是犯罪嫌疑人，反而有可能是嫌疑人的主要目标，我们在请求他帮助的同时，也要保护好慕教授。”

“是！”负责安全保障的警员收到命令，“我们马上派人加强人工智能研究所的保护。”

“嗯。还有一点就是那艘科考船，由于我们当时忽略了它的重要性，没有及时进行跟踪调查，现在追查它的位置比较困难，毕竟那不是一艘航运货轮，而且在公海航行也不需要向我们的海事部门汇报，但有迹象表明这艘船应该还在南海海域逗留，我们可以通知附近渔业区的渔民以及路过的我国商船随时注意这艘船的动向，也许这样的笨办法反而能奏效。”

第二天一早，慕教授如约来到分局，参加了办案组的碰头会。

“昨天，我和几位科学界的朋友联系了一下，了解到他们之前说的那家剽窃我科研成果的企业，相关的资料已经发送给小唐，不知道对案情有没有帮助。”

“是的，我们收到了您的信息，网络调查组的同事们做了一些工作，很有进展。”唐怡冲一位警察点了点头，就开始介绍起来。

“根据教授的资料，我们了解到这家企业表面上是一家生物科学研究机构，本来应该属于非营利机构，但是他们的经济活动非常活跃，好像拥有非常雄厚的资金实力。

“他们通过设立子公司等方式拥有一艘和嫌疑科考船同级别的舰船，这艘船很少进入别国领海，所以行踪诡秘。

“这艘船的设备非常先进，初始设计基于大洋捕鲸船，适合进行海洋生物方面的调查和研究，船舱内还可设置饲养水箱，长期豢养大型海洋生物。船上还安装了性能先进的深海潜水器，以及各式捕捞工具。

“不过，通过我们与船厂交流，发现这种船舶一般在船底没有水下闸门，显然嫌疑船舶是经过特殊改造的。水下深潜器一般是通过甲板上的起重机下水和回收的，所以水下闸门显然不是为深潜器设计，完全有可能如同我们所猜想的那样，是为了方便海洋生物进出设置的。”

“那么现在能够确定这艘船的位置吗？”于队长问道。

“暂时还不行，我们已经按照您的要求下达了协助调查通知，但是还没有收到任何反馈。”

“这可真是棘手啊，”于队长下意识地掏出电子

这艘船的设备非常先进，初始设计基于大洋捕鲸船，适合进行海洋生物方面的调查和研究，船舱内还可设置饲养水箱，长期豢养大型海洋生物。船上还安装了性能先进的深海潜水器，以及各式捕捞工具。

烟，但是发现这是在开会期间，又把烟放回了口袋，“目前这个案子的性质还没有确定，嫌疑人的动机也还不清楚，我们也没有办法向上级申请军用卫星的使用权，不然靠人工智能和高精度卫星图片也许很快就能找到这艘船……”

“关于犯罪动机……”慕教授推了推眼镜说道，“按照我的看法，这家企业可能是在云上星球的虚拟环境中了解到我正在研究巨形虎鲸，他们来到附近的目的可能是窃取我的研究资料。

“至于鲨鱼事件呢，我从一个商人的角度思考了一下，这有可能是一个偶然事件，他们在附近寻找机会的途中，不小心放走了一条转基因鲨鱼，但作为科研人员犯这种低级错误的可能性不大。所以我认为，他们可能是看到了咱们渔业区国庆庆祝活动规模不小，再加上三沙市马戏团今年恰好到这里巡回演出，有很多游客，也很受媒体关注。所以他们临时起意，制造了这次事件，他们的目的就是要宣传他们的产品，也就是这些巨形鲨鱼。”

“这些鲨鱼是他们的产品？鲨鱼有什么用呢？难道是为了获得巨形鱼翅吗？但是饲养这些鲨鱼的成

本太高，没有捕捉野生鲨鱼来得划算呀！”网络组的民警很纳闷。

“是这样的，在国外一直存在着一个非法宠物市场，之前销售的大多数是狮子、老虎之类的大型野生动物，近些年来随着分子生物学的进展，很多海外的富豪为了满足自己的虚荣心，开始购买转基因生物。这个市场可不小，一只转基因鲨鱼能卖上好几亿美元的高价，可比卖鱼翅利润丰厚得多。”

“也就是说，他们想通过制造一次吸引眼球的公共事件，让更多人知道有这种转基因鲨鱼的存在，但是他们又没有告诉大家在什么地方能买到呀？”

“普通老百姓是买不起的，而那些有不良嗜好的富豪们都很熟悉这些购买渠道，他们会自己找上门来求购的。”

“真是够黑的！万一那条鲨鱼伤害到了人，这些无良商人能负得起责任吗！”唐怡有点生气了。

“小唐别激动，我觉得他们放出来的这条鲨鱼很可能也配备了遥控装置，通过对鲨鱼大脑的操作，也许能避免出现让他们难以收拾的场面。那条鲨鱼最后不是自己回到船上去了吗？鲨鱼可没有这个习惯，一定是有人把它召唤回去的。不过呢，如果真的伤害到人类，那也许新闻效应更好吧，这些人为了钱，有时候根本不顾及科研人员的节操了！”

“报告队长，”网络组的负责人忽然插话，“我们根据慕教授的判断，再次对社交网络做了大数据分析，的确在国庆节鲨鱼事件发生之后，网上出现了很多求购巨型牛鲨的帖子和留言，计算机正在分析，希望能找到卖家或者中介。”

“需要多长时间？”

“今天下午应该能够出来分析结果。”

“好的，继续追查！”

“我还有个想法，”慕教授不愧是著名学者，智商不是一般的高，于队长觉得他不做警察太可惜了，“既然嫌疑人最初的目标是想找到巨形虎鲸的数据，而我上次丢失的硬盘里其实只有60%左右的基因序列，即便他们当时复制了数据，回去后也一定大失所望，只要在云上星球做个简单的仿真实验，就会发现制造出来的鲸鱼根本无法存活。所以我昨天已经派工作人员到云上星球散布了一些假消息，说另一块硬盘放在人工智能研究所一处偏僻的海上牧场里，也许这两天对方就会收到这个信息派人去盗窃这块硬盘，只要咱们海警大队做好监视工作，就能抓住他们。”

“太妙了！慕教授您可真有侦探的天赋，我派小唐他们随时听候您的调遣，务必抓住这些可恶的科学败类！”

“哈哈，唐警官可是您的得力干将，我还真有点不敢劳她大驾呀！”

“慕教授，领导安排您做我的领导，您就是能够领导我的领导了。我这就去安排蹲守，绝不放跑一个嫌疑人。”说完小唐敬了个军礼出去调动特警队，准备枪械和交通工具了。

“带上我和琪琪吧，”一直没怎么说话的沈新忽然向于队长请战，“这两只海豚一定能帮上忙的。”

于队长沉吟片刻，点了点头：“好的小沈，但是你一定要注意安全！”

“您放心！”说完这话，沈新就急匆匆地追了出去。

16 虎鲸

分局里紧张的气氛外面的民众一无所知，110-5渔业区还是一派轻松安逸的景象，唐家大别墅里，几位忙完渔业作业正在喝茶打牌的大叔霸占了孩子们经常出没的水上花园。

唐爸爸一边洗牌一边和一位剃了光头黑红脸的中年男人说：“老刘，你上次说的看见一艘外国科考船，是不是喝醉了看见的？”

“这叫什么话，我什么时候喝醉过?”

“那还是喝了呗，怎么别人都没见到过只有你看到了?”

“别人根本就看不到，那艘船是停在那个废弃的外资修船厂里，船坞上面有一个大厂房，从外边当然看不见了。我就是在船开进去的时候恰巧路过。”

“哦，那个老船厂呀，现在很少有人去那边了吧？但是也不确定就是那条船，回头我跟闺女说声，让他们警察去看看。抓牌抓牌!”

说者无意听者有心，被挤到小花园角落里的三个孩子听到这个事情立即来了精神。

山子说：“咱们应该先去看看，确认了是那条船的话马上去报告于队长!”

赵晓波频频点头，唐小胖使劲摇头，但是孩子们的规则就是少数服从多数，唐小胖还是被另外两个男孩拽上了摩托艇，几个人向旧船厂驶去。

那个旧船厂是一个巨大的海上浮岛，之前是一个修船厂，有几个船坞，船坞上面建造了巨大的厂房，现在三沙市有了更先进的修船厂，这里就不那么景气了，和所有旧厂房一样显得有点破破烂烂，到处锈迹斑斑。

孩子们骑着摩托艇低速在厂里绕了几圈，忽然发现西边一个船坞里传来动静，十几艘摩托艇还有一艘能够潜水的快艇从他们身边呼啸而过，驾驶人好像都是外国人。

“估计就在那个船坞里！咱们过去看看！”山子轻轻地给摩托艇加速，溜到了船坞的门外想向里面张望。

忽然旁边的空地上站起来一个手持棍棒的人，用外语呜哩哇啦地喊着什么，好像是让孩子们赶快离开。

三个孩子只好退了回来，“有把门儿的，更说明有问题！咱们从水下游过去吧，那条船肯定就在里面！”

“游过去？”唐小胖有点犹豫，按说他们的水性很好又带了简单的潜水设备，“可是万一水底下有那条大鲨鱼怎么办？”

山子和四眼也愣了片刻，“应该不会吧……要是琪琪在就更好了……不管了，先冲进去看看！”

三个人换上潜水服，把摩托艇系好跳下水向船

三个人换上潜水服，把摩托艇系好跳下水向船坞游去。还好，水下除了海草和小群的热带鱼没有其他东西。

坞游去。还好，水下除了海草和小群的热带鱼没有其他东西。

从水下跃过厂房的大门，孩子们冒出头来，眼前果然是那艘曾经见过的科考船。

“就是这艘船吧？咱们赶紧告诉我姐姐吧！这回可是立了大功了！”

“样子很像，可是万一是一样的船呢？我看刚才坏人们都出去了，船上应该没有什么人，还是上去看看，有确凿证据再通知警察叔叔，不然的话谎报军情估计回家又要挨打了。”

唐晓鹏知道拧不过他们，只好蹑手蹑脚地跟着上了岸，附近果然没有人，他们通过舷梯直接来到了船上。这艘船虽然不算太大，但是结构还挺复杂的。

三个人上了船之后，没敢往驾驶台方向前行，那里估计还有留守的人，便悄悄来到船员休息区。大多数的船舱都没有人了，只有个别的舱里传来打呼噜的声音，孩子们经过的时候偷偷地把这些舱门从外边用铁棒扳手之类的东西反锁上。

“我们赶紧到机舱去，修船的时候那里一般没人，而且设备管路什么的乱七八糟的，就算被人发现了也好藏起来。”

几个孩子沿着机舱向船后方走去，没想到这里不但不凌乱，反而十分整洁，更像一个巨大的实验室，有的舱室里摆满了各种科学仪器，有的舱室则放着先进的大型量子计算机。虽然现在没有什么人，但这里依然灯火通明，很多仪器还在自动运行当中，几个微型机器人走来走去的不知在忙些什么。

再往后走，经过了一扇舱门，后边简直就是一个中型的水族馆了，孩子们来到的是一个巨大水箱的上方，水箱足有50米见方，周围是一圈亲水平台，一池有些浑浊的海水中有几个巨大的阴影，隐约还能看到水池下面有一个玻璃走廊。

孩子们交换了一下眼神，决定去找玻璃走廊的入口从下面仔细观察一下。

绕来绕去走了足有10分钟，孩子们才走到了那里，从水下的玻璃走廊看去，他们看清了那几个黑影子的真面目，其中有两条正是国庆节大闹马戏团的那种巨型牛鲨，而另一个更大的阴影孩子们看不太清。山子走到玻璃通道旁敲了敲，那只怪兽好像有了反应，在浑浊的水中摆动身体向这边游了过来。

随着距离的接近，孩子们看清楚了，这是一只杀人鲸！

“坏了！坏人已经制造出巨型虎鲸了！我们是不是来晚了！”唐晓鹏站了起来。

“不对不对！你仔细看看，”赵晓波用双手把小胖的脑袋掰回虎鲸的方向，“这只杀人鲸只有十来米，和那两条牛鲨差不多大小，应该是被坏人捉回来的野生鲸鱼。”

“哦，那还有救，那还有救……”

“估计这只鲸鱼是坏人们准备作为实验品用于基因改造的。一会儿我们得想办法救救它！”

可是那只虎鲸却根本不领情，看到玻璃通道中几个不熟悉的人，忽然烦躁起来，冲撞着玻璃还大声地尖叫，两条鲨鱼也被吵醒，游过来虎视眈眈地看着几个孩子。

三个孩子被吓坏了，赶紧转身往回跑，没想到刚来到外边的舱门，两个彪形大汉就堵住了他们的去路……

17 准备决战

唐怡他们接受命令之后，以最快的速度赶往人工智能研究所的那个海上牧场，特战队员们在各自的位置埋伏好，有的准备好了视频记录设备，有的荷枪实弹，有的在几艘伪装过的警用快艇上随时做好出击准备。

沈新和唐怡都穿着便装骑在摩托艇上，装作是在附近海域观光游览的游客，还不时地和一大群海豚嬉戏玩耍。这是琪琪和莎莎还有马戏团的海豚群，它们也过来参与这次行动。

全体干警刚刚完成布置，附近就发现了可疑情况，20多艘摩托艇鬼鬼祟祟地出现在周边海域，明显是在踩点。警察们隐藏得很好，不一会儿解除了警报，摩托艇聚集到一起停在海上牧场南边的一个角落，一艘快艇随后也开了过来，并且开启了下潜模式偷偷地进入了海上牧场来到了牧场别墅下边。

他们用破解装置打开了别墅下边的潜水通道，派两个蛙人进入了别墅。这些人的行动显然是经过精心策划，很可能是在云上星球里面模拟过这次盗窃，一个人迅速切断了别墅的电源，让别墅的安保系统彻底失效，然后在教授的家里一通乱翻拿走了一些似乎有价值的东西；另一个人在接到同伴提示之后，潜入教授的工作室，拿到了那块硬盘，然后两个人又自以为神不知鬼不觉地溜出了别墅。

不过魔高一尺道高一丈，分局的警察们早已安装了备份的摄像系统，小偷们的一举一动都被记录下来，视频侦查组的同事们检查了一下录像文件，马上通知唐怡可以开展下一步的抓捕行动了！

埋伏在周围的警察蜂拥而上，从四面八方包围了那20多艘摩托艇，盗窃犯们像热锅上的蚂蚁一样东逃西窜，好几辆摩托艇撞在了一起。在水下，警方的多艘潜航器也追上了小偷的可下潜快艇。警方用多国语言要求对方立即缴械投降，对方毕竟不是武装团伙，好像也没有配备进攻性武器，面对荷枪实弹的海警束手无策，小喽啰们纷纷把头转向贼头儿，犹豫着是不是要彻底放弃抵抗。

不过那个贼头模样的人显然没有服输，手里拿着个类似卫星电话的东西不知在说些什么。

就在这时，远处的海面上忽然出现三道波纹，不多时，三只巨大的海兽凶神恶煞般地冲进了包围圈，掀翻了几艘警方的摩托艇，打开一个突围的缺口。

不法分子们好像忽然抓到了救命稻草，拼了命地逃了出去。

在水下，两条鲨鱼也撞开了吨位较小的警方潜航器，救出了蛙人乘坐的那艘潜水快艇，快艇变换了模式，浮出水面，打开水翼，一溜烟地逃了出去。

“迅速组织追赶！”还穿着泳衣的唐怡用步话机给各小组下达命令：“尽量不要伤害这些海洋动物，

它们是重要罪证，但也是无辜的。”

可是要做到这一点困难重重，那三只海洋巨兽仿佛被洗过脑一样，死不悔改地要做盗窃分子的帮凶，不顾一切地用身体冲击警方的舰船，几次还险些兽性大发，想撕咬落水的警员，不过它们的控制器里好像是安装了防止伤人的模块，最终都克制住了兽性，没有让事态进一步恶化。

“唐怡，让琪琪和莎莎上吧，它们受过驱逐鲨鱼训练，让它们试一下，也许能够奏效……”

“这有些太危险了吧？万一转基因的鲨鱼不吃这一套该怎么办？”

“现在不行动，坏人们就会逃跑了，只能冒点险……”

“好吧！快艇上的狙击手和鱼叉手请注意，一旦海豚驱鲨操作失败，可以狙杀这些危险动物！责任由我来承担！”

沈新透过耳麦向琪琪和莎莎下达了命令，两只海豚集结起来，选定了一条巨型牛鲨。在大海里，海豚不惧怕鲨鱼，有时甚至以鲨鱼为食，那是因为它们速度更快，鲨鱼追不上海豚，被咬了之后无法还击，再加上海豚的尖锐叫声可以影响鲨鱼的听觉，所以鲨鱼输多赢少。不过它们毕竟是猛兽，在海豚不小心的时候，也会被反咬一口，有时候作为猎手的海豚反而被鲨鱼打败，惨死在鲨口下。所以海豚们在野外对付鲨鱼都是采取致命攻击的方式，不给对方还手的余地。

但是工作海豚们的目标是保护海洋，所以研究者们教会了它们一种新的驱鲨方式，需要多条海豚共同完成。

只见琪琪和莎莎快速地游到一条鲨鱼的两侧，保持一定距离，借助自己的速度优势，左一下右一下地咬着鲨鱼的胸鳍，把大鲨鱼气得左咬一口右咬一口，还什么都咬不到，游泳的姿势都变形了，速度更是慢了下来。

忽然，琪琪冲上去，狠狠地咬住了鲨鱼的左鳍，向下方拖拽，鲨鱼扭过头去要抓住这次机会给琪琪致命一口。与此同时，莎莎冲到了鲨鱼右边，死死咬住它的右鳍，鲨鱼一愣，没咬到琪琪，两只海豚娴熟地配合，一个向上托，一个向下拽，借助鲨鱼自己的力道，把这条重达几吨的怪物掀翻了个！

这下可好了，刚才还霸气外露的大鲨鱼，一下子泄了气，呆萌的大白肚皮朝着天，竟然直挺挺一动不动地漂在了水里！

原来，鲨鱼在海里一旦翻身就会进入昏睡状态！因为鲨鱼的脑部会分泌一种化学物质来避免恐慌。所以当鲨鱼被翻过来时，它首先会害怕，想把颠倒的视觉世界矫正过来，但是如果被外力阻止了，它的脑部就会分泌大量的神经递质血清素，当血清素浓度增高后，鲨鱼就会进入这种“睡眠”状态，神志恍惚，等于是失去了意识。处在这个姿势时，它毫无防备能力。几乎所有的鲨鱼在被翻过来后都会进入这种强直静止状态。只要进入强直静止状态的时间不长，当鲨鱼被重新翻回来后就会很快恢复意识，并迅速游走。

这一招其实是海豚的人类教官从虎鲸身上学到的，虎鲸虽然叫“鲸”，其实它是属于海豚类的，只不过因为长得强壮，反而变成了整个鲸类乃至海洋中最厉害的霸主。它们可和小海豚不一样，每一只都能独立对付鲨鱼，有的地区的虎鲸甚至以大白鲨为主食！

原来，鲨鱼在海里一旦翻身就会进入昏睡状态！因为鲨鱼的脑部会分泌一种化学物质来避免恐慌。

凶猛的鲨鱼在虎鲸面前毫无反抗之力，往往只能翻着肚皮任由其撕咬。虎鲸的绝招叫“空手道掌劈”，当虎鲸准备猎杀鲨鱼时，会先将鲨鱼尽量赶出水面，都不用直接接触鲨鱼，虎鲸可以借助庞大的尾巴产生上升力制造出漩涡水流将鲨鱼推出水面。当鲨鱼露出水面时，虎鲸转动身躯便将巨大的尾巴甩在鲨鱼身上，就像是空手道的掌劈一样。鲨鱼被拍晕后，虎鲸迅速将鲨鱼翻转过来，这一系列动作使出，鲨鱼基本上已经没有生还的机会了。鲨鱼翻转露出肚皮就会本能地进入强直静止的瘫痪状态，就是沈新他们这些生物学家说的“肌肉紧张性停滞”，一动不动任由虎鲸宰割！只不过野生的小海豚们没有这么大的力道，所以无法施展这种绝技。

但是海豚的学习能力绝对是一流的，马戏团的小海豚们在旁边观摩学习了驱鲨特技之后，现学现卖！它们蜂拥而上，将另一只鲨鱼也翻了个底朝天，附近赶来的渔民也行动起来，将鲨鱼装进了结实的网箱，准备拖回分局听候发落。

“马戏团的海豚太厉害了！”有的警察直竖大拇指。

沈新却摇了摇头："哎，这些小坏蛋学会了这招，以后附近海域的鲨鱼可要遭殃咯！"

警察们的脑子也转过弯来了，有点哭笑不得。

制服鲨鱼的行动圆满成功，但是盗窃团伙却逃得无影无踪，那些小偷们骑着摩托艇分散到附近人口密集的渔业区之中，一时也不知了去向。

海豚们倒是跟上了逃跑的虎鲸，可是它不像头大无脑的鲨鱼那么笨，也没有翻个就晕的坏毛病，而且还是海豚界的扛把子大哥，平时吃起小海豚来一口一个，是普通海豚天生就惧怕的天敌，所以包括琪琪和莎莎在内的海豚们只是远远地跟着，不敢靠近。

18 通风报信

唐小胖他们三个夺门而逃的时候，直接撞进了几个大块头外国人的怀里。不过被吓坏的不只是三个小孩，那几个彪形大汉也吃了一惊，显然他们并没有察觉到孩子们潜入了科考船。

三个小淘气趁这些人还没有缓过神来，从他们身边挤了过去，逃进了之前去过的那个实验室。

“快！你们两个去抓他们！其他人跟我先把这三

只畜生放到大海里，行动组任务快结束了，让他们去接应一下，最好再制造点新闻。”

毕竟还是船员了解这里的情况，过来追孩子的两个人遥控关闭了实验室的大门，三个孩子被关在里面躲在桌子下不敢动。

其他外国人打开了水族箱下面的闸门，把三只巨兽放进了大海。然后他们也跑过来捉拿这几个闯入者。

现实可不像电影里那样戏剧化，真遇到了这种情况，连平时最勇敢的山子也吓得脸色苍白直冒冷汗。坏人们纷纷进入了大实验室，采取地毯式搜索，脚步声越来越近，三个小孩在桌子底下面面相觑都快哭出来了。

忽然，赵晓波发现小胖身后有一个大纸箱，赶紧示意小胖钻进去，希望他能躲过这次搜索。小胖哆里哆嗦地好不容易钻进去，山子用旁边的胶带从外面把箱子封好，和赵晓波匍匐前进到了旁边的桌下。就在几秒钟后，船员们发现了他俩，三下五除二就给捆了起来，不过刚才慌乱中他们也没有看清到底有几个孩子，所以唐小胖就成了漏网之鱼。

外面渐渐安静下来了，快递纸箱子里的小胖边哭边浮想联翩，眼前出现了山子和四眼儿英勇就义的画面，不行我必须出去，把这里发生的事情告诉分局长伯伯，一定要让他们追认山子和四眼儿是见义勇为的烈士！

想到这里，小胖使出吃奶的力气推开了快递箱的盖子，听了听动静，外面没人，便蹑手蹑脚地离开了实验室。

船头那边传来一阵嘈杂声，小胖只好又回到水族箱那边。他发现里边的怪兽不见了，而且通往海底的闸门也打开了，于是他壮了壮胆子，从亲水平台跳进水族箱，一个猛子游到了外面的大海里。还好自己的摩托艇就在不远处，小胖像个矫健的海豚一样以最快的速度游了过去。

上了摩托艇，唐晓鹏头也不回，以最快速度离开了旧船厂。开了一会儿发现后面没有人跟踪，他才稍微降低了点速度寻找摩托艇上的手机，可是找了半天也没找着，仔细一想，手机好像在山子的摩托艇上。回去是不可能的，小胖赶紧向最近的海上农场开去，在那里找人借个手机给姐姐打电话。

上了摩托艇，唐晓鹏头也不回，以最快速度离开了旧船厂。

“姐！是我！”十几分钟后小胖才找到了可以通话的地方，那是他们一位女同学小玉的家里，大家都认识小胖。

“唐晓鹏我现在很忙！你不要来捣乱！”

“不是啊！姐！山子和四眼儿都牺牲了，你快来给他们报仇呀！”

电话旁边的小玉和父母也吓了一跳。

“什么乱七八糟的！你们在打游戏吗？”

“不是啊！不是啊！咱爸和老刘说在这边的旧船厂看到过那条船，我们三个人就过来了。真是那条船，船里还有大鲸鱼和大鲨鱼……坏人们把山子和四眼儿杀害了……你们快过来啊！”

“胡说八道！我们这边刚刚捉到两条鲨鱼，怎么会在你们那边呢？”

“对呀对呀，我们刚发现鲨鱼，坏人们就把它们放到海里去了，还有一只虎鲸呢！”

“你说的是真的？”

“真的，真的！我在小玉家呢，她爸爸妈妈能作证！”

小玉的爸爸接过电话和唐怡说了几句就挂断了。

“我姐来救我吗?”

小玉爸爸点了点头，一个不留神就让小胖转身跑掉了。小胖又骑着摩托艇不知去干什么了。

19 唐小胖的牺牲

唐怡那边立刻重新集结了行动小组，请求分局支援，通过太空监测卫星搜索四散逃窜的嫌疑犯，同时汇报了唐晓鹏提供的信息。分局长和于队长听说有孩子牺牲，非常愤慨，提高了这次行动的级别，同时指示唐怡率领所有人直接赶赴旧船厂，估计犯罪分子们迟早会在那里会合。

海豚们还在追踪着虎鲸。一开始这只鲸鱼的确是朝旧船厂的方向游去，但是好像接到了什么命令，又掉过头来想要堵住警察的船队。它在水中灵活地一个急转弯，它后边一直在紧紧追赶的海豚群吓得四散奔逃。

还有一只马戏团的海豚反应稍慢，被虎鲸咬住了尾鳍，一下子甩出老远，鲜血染红了附近的海面。莎莎看到自己新认识的同伴身负重伤，急得大声尖叫，仿佛想要和虎鲸拼命。

不远处的沈新看到了，赶忙通过麦克风大喊："使用声波武器！"

琪琪和莎莎听到了命令，马上就反应过来，它们通过脑电波启动了身上背包里的一套应急装置。背包里的扬声器立刻传出了巨大的超声波和次声波噪音，虎鲸听到这种声音，立刻焦躁起来，四处乱游，好像失去了方向感。警察的快艇赶紧趁这个时间把那只受伤的海豚救了上来。

但是这个武器有一个副作用，就是它对所有的海豚也有效果，包括琪琪和莎莎自己在内所有的海豚也都因为受到超声波干扰，失去了方向感，再加上次声波的攻击，让它们觉得恶心难受。

所以攻击只持续了一小段时间。虎鲸继续向旧船厂方向游去，但是又几次掉回头来想要攻击警察和海豚们。

“我觉得，这只鲸鱼的身上一定安装了某种遥控装置，它本身并不想攻击人类，但是这种遥控装置在左右它的行动。”沈新跟唐怡说。

“很有这种可能啊，但是我们该怎么办呢?”

“大家都仔细观察一下，看看鲸鱼身上有没有什么奇怪的电子设备或者天线，只要破坏了这些收发装置，也许就能让鲸鱼放弃进攻的念头。”

“好的!”警察们纷纷同意专家的看法，仔细地观察海里的鲸鱼。唐怡打开了莎莎背包里的高分辨率摄像机，也在屏幕上仔细地查找蛛丝马迹。

一位狙击手率先从瞄准镜里看到鲸鱼的背鳍上边有一个不引人注意的黑色小棒，很像一个无线接发装置。

“很有可能，虎鲸游泳的时候背鳍露在水面上的时间最多，收发装置安装在那里挺合理的……”

“可是我们怎么把这个天线取下来呢？……狙击手请注意，在这个距离上射击有难度吗?”

“报告副队长，鲸鱼运动得太剧烈，我们的射击不能保证一次命中，而且可能会对它造成比较大的伤害。”

“那还有别的办法吗？”唐怡还是不想伤害海洋动物。

“我来让琪琪试试吧……”

“琪琪能理解这么复杂的命令吗？而且这么危险，要是琪琪受伤了可怎么办？刚才那只小海豚恐怕被治好后，也无法再回到大海里了。”

“我试试吧……”说完，沈新开始通过麦克风和琪琪交流起来。他先让琪琪观察虎鲸的背鳍，问它有什么不一样？琪琪竟然回答有鱼，显然它把天线当成了一条吸附在鲸鱼身上的小黑鱼了。沈新便因势利导，命令琪琪去捉那条小黑鱼。

不过琪琪吓坏了，毕竟虎鲸在它眼里，是世界上最可怕的妖魔鬼怪。平时在大海里遇到这种动物，海豚们会在几千米外通过声呐发现鲸鱼的时候就以最快速度逃跑了，现在这些海豚能够包围这条鲸鱼，已经是特别勇敢了。

“看来还是不行，海豚太害怕虎鲸了。”

就在唐怡犹豫着是否让狙击手开枪射击的时候，不远处忽然开来了一艘摩托艇，慌里慌张、横冲直撞地冲进了虎鲸和海豚们争斗的海域。

“快离开危险海域！快离开危险海域！”警察们通过扬声器警告那艘摩托艇的驾驶员。

“可恶！那是唐晓鹏！”唐怡看出了那是弟弟的摩托艇，可是来不及阻止了。只见虎鲸忽然跃出水面几米高，然后又“砰”的一声砸向海面，唐晓鹏的摩托艇就像儿童玩具一样翻了个个儿。唐晓鹏掉进海里后拼命地游泳，但是一下子就被鲸鱼制造的漩涡卷了进去。唐怡真想马上跳进海里去救弟弟，但她现在是行动队的副队长，不能意气用事，急得直砸驾驶台。

所有的人都感觉到束手无策，只能默默地为小胖祈祷。

忽然有人看到海水中几道黑色的闪电冲向了虎鲸，是海豚！历史上有无数次新闻报道，都证实了海豚在危急时刻常常会挺身而出救助落水的人类，这似乎是它们的天性。看来这次也不例外，而且琪琪和莎莎还是小胖的好朋友，它们看到这一幕抛下了所有的恐惧，挺身冲了上去！

忽然有人看到海水中几道黑色的闪电冲向了虎鲸，是海豚！

马戏团的两只小海豚找到了小胖，把他拖出海面向海警船这边游了过来。剩下的海豚围着鲸鱼快速游动，吸引它的注意力。琪琪抓住了一次好机会，游到虎鲸的背后一口咬下了那个天线，然后它大声尖叫着招呼其他海豚快速撤退。海豚们像一支支离弦的箭四散飞去，刚才还白浪滔天的海面渐渐地平静下来。那只虎鲸蒙了片刻，在原地游了几圈，最后竟然向深海那边游了过去，看来它是想回真正的家了。

“我们还需要追捕吗？”警察纷纷向唐怡请示。

“不用了吧？我们有视频证据应该就足够了。就让它回到大自然里去，那里才是它的家……全体注意，迅速前往旧船厂！”

“是！”

“是！”

障碍清除了，收网行动可以顺利实施。分局里其他的警员已在卫星图片的帮助下，逮捕了一部分盗窃分子，只有少部分盗窃分子逃回了旧船厂，在科考船上做最后的挣扎，试图销毁一些证据。

在特警们的配合下，行动队很快就占领了科考船，这些盗窃分子并没有什么武装，没有怎么反抗就束手被擒了。

“立刻调查两个孩子的事情，务必抓到凶手！”分局长在旧船厂的码头上命令警员们现场展开询问。

警察们从留守在科考船的几个嫌疑犯开始讯问，讯问倒是很快有了结果，一个大块头的船员说：“我们没有杀害那两个小孩啊，打了几巴掌吓唬了一通，早就把他们放走了，这种孩子们闯进船厂的事儿经常发生，我们为什么要杀他们呢？”

“那你们放走之后他们去了哪里？”

“嗯，他们往东边走了吧……”

“东边？他们的家在西边为什么去东边呢？我们再重复一下我们的政策，坦白从宽抗拒从严，希望你们如实交代！”

“真的！真的！他们往东边去了！”

警察们低声交流了一下，有人提议给分局打个电话，果不其然两个孩子骑着摩托艇去了分局报告情况。

“好了，值得庆幸的是你们没有犯下不可挽回的严重错误！但是盗窃商业机密，非法改造生物这些犯罪行为也是很严重的！等待着你们的将是法律的惩罚！……把他们押回分局！”分局长很潇洒地做了一个手势，示意收队，这次任务圆满完成。

20 南海新女婿

事情告一段落，唐怡一直挂在心上的小胖的安全问题让她焦虑起来，分局长好像看出来了，便让她和沈新坐上行动组里最快的快艇先回分局，因为刚才已经有警察把小胖送了回去。

唐晓鹏在漩涡里喝了几口水，拼命地往上游，但是这次下潜得太深了，再加上这一天累坏了，他终于体力不支在水里昏了过去，从深海里向天空望去的最后一眼，除了刺眼的阳光，还有两个黑影向他游来，应该是天使吧。

唐晓鹏再次睁开眼的时候，第一眼看到了两位“死去”的好友，他心里一沉，完了，我们三个人小小年纪的就一起变成烈士了，还有那么多好吃的没吃过，那么多游戏没打过……心里一酸，他落下了眼泪，随即又晕了过去。

过了不知多久，有人狠狠地摇晃他的脑袋：“唐晓鹏！唐晓鹏！你快醒醒，我是你姐姐……”

哎呀！姐姐也牺牲了，虽然平时她对自己算不上太好，但是有个全区著名的警花姐姐，也还是挺吃香的，常有年轻的警察叔叔过来讨好他，小日子过得也是挺自在的。

“晓鹏！醒醒，我是沈老师！”

沈老师怎么也……

“晓鹏！行动圆满结束了，坏人都抓住了，山子他们也安然无恙，你们这次立大功了！就等你赶快醒过来了！”

哦？那就是说我还没死呀，这可太好了！小胖想马上睁开眼睛，但是忽然脑子里灵光一现想到了一个好主意。

他装作十分虚弱的样子，闭着眼睛说道：“我好像受内伤了，不知还能坚持多久，沈老师，你能答应我一件事吗？要是你能把我姐姐娶走，让她不要在家里继续祸害我，我觉得我还可以再抢救一下……”

然后他就继续装死，任凭唐怡重重地拍了他几下也咬牙挺住了。

“小唐呀，看来为了救你弟弟，你只能嫁给沈老师了……”分局长严肃地建议道，于大队长和其他一些老警察纷纷点头鼓励，几个年轻的小警察也跟着起哄。

“唐怡，你看最近琪琪和莎莎多快乐呀，我放弃了大学里很多资源，来这边和你会合，其实……就是为了能让琪琪和莎莎永远在一起，当然，也希望我们能有机会永远在一起，你能给我这个机会吗？”

唐怡把小胖像个破口袋一样重重地扔在了沙发上，站起来投入了沈新的怀抱，使劲地点了点头。

周围的人们终于憋不住笑了出来，带着不同的情绪或轻或重地拍着沈新的肩膀，祝贺他成为三沙

唐怡把小胖像个破口袋一样重重地扔在了沙发上，站起来投入了沈新的怀抱，使劲地点了点头。

110-5渔业区的准女婿。

“看来老唐最近又要破费了，这次请客再不掏钱的话，我们分局可是绝不答应哟！”于队长的话让大家笑得更欢了。

这是祖国南沙海疆普通的一天，但也是很多南沙人最快乐的一天。南沙的少年们一定还会用他们的天真和勇敢创造出无数个普通而又不平凡的快乐日子……